南山

高亚平 ◎ 著

陕西师范大学出版总社

图书代号： **WX19N0036**

图书在版编目（CIP）数据

南山 / 高亚平著 .— 西安 : 陕西师范大学出版总社
有限公司，2019.1
　ISBN 978-7-5695-0476-7

　Ⅰ.①南… Ⅱ.①高… Ⅲ.①长篇小说—中国—当代
Ⅳ.① I247.5

中国版本图书馆 CIP 数据核字（2019）第 008474 号

南　山
NANSHAN

高亚平　著

责任编辑 / 张建明　张　曼
责任校对 / 王利娜
封面设计 / 鼎新设计
出版发行 / 陕西师范大学出版总社
　　　　　　（西安市长安南路 199 号　邮编 710062）
网　　址 / http://www.snupg.com
经　　销 / 新华书店
印　　刷 / 西安市建明工贸有限责任公司
开　　本 / 710mm×980mm　1/16
印　　张 / 15.75
字　　数 / 163 千
版　　次 / 2019 年 1 月第 1 版
印　　次 / 2019 年 1 月第 1 次印刷
书　　号 / ISBN 978-7-5695-0476-7
定　　价 / 35.00 元

读者购书、书店添货或发现印装质量问题，请与本社营销部联系调换。
电话：（029）85307864　85303622（传真）

悲悯与温情

王仲生

萧红当年曾说：鲁迅先生在他的小说中是以俯视的眼光看待他作品里的人物阿 Q、祥林嫂、孔乙己的。鲁迅先生因此而悲天悯人，"哀其不幸，怒其不争。"

而萧红自己，她说，她是以仰视的态度看取她笔下的人物的。她的《生死场》《呼兰河传》里的那些不幸的、悲苦的、卑贱的小人物，她对他们怀着深深的敬意。

这当然是萧红个人的看法。

其实，我们完全可以以平等的心去看取，去创造艺术世界里的艺术人物。也许，这是一条更为广阔的道路。

小说是叙述，是虚构，是艺术创造。与其说，小说反映了作家与现实世界的关系，不如说，小说更是作家与他想象中的世界关系的艺术呈现。正如科林任德所说，艺术是想象，它所沉思的对象是想象中的对象。

这是因为，从生活到写作，有一个审美创造的转换过程。是否能完成这个转换，是判断一部作品好坏、成败的试金石。

《南山》是一部充满了"同情的理解"（陈寅恪语）的悲悯之作。作家是以平等的悲悯之心进行创作的，成功地实现了从生活到艺术的转变。

　　这种悲悯表现为悲悯的作家创造了何远这样一个悲悯情怀的人物。

　　以悲悯之笔写人物之悲悯，双重悲悯让小说弥漫了一种"慈悲为怀"的悲悯气息。小说为我们塑造了一个忠于职守，热爱人民，关怀底层，坚持正义的派出所代理所长何远。

　　何远，农家出身，警官大学毕业，长期从事刑警工作，有智有勇，是一位破案高手；他还在成长之中，他不太善于处理复杂的人际关系，他因此一度陷入困惑。小说告诉我们，他，何远，历经曲折，最后得到了组织上的充分肯定，他被委任为市公安局刑侦局大案处一大队大队长，他将在擅长的领域施展自己的才华。

　　何远是拥有悲悯情怀的。小说有一个情节具有象征意义。

　　一个农村小伙，携带妻子与襁褓中的婴儿进城谋生，几天过去了，仅有的一点钱花光了。他万般无奈中想偷一辆电动自行车变卖，初次作案的他，竟然面对得手的电动车束手无策，怎么也打不开锁，他当然很快落网。

　　何远来到小伙子的"家"，他想看看小伙子的陈述是否属实？这一举措已经不同一般了。何远目睹了一无所有的居所，嗷嗷待哺哭闹不休的婴儿，以及吓得不知所措的农妇，让手下人去买了奶粉救急，并留下了1000元现金（他掏了身上仅有的700元，同伴掏了300元）。

通过法律程序，小伙子退赃并被拘留七天。

我之所以不厌其烦，重复写下这一情节，是因为小说告诉我们，派出所教导员王力是力主严惩重罚的，而何远则从事实出发，依法办案，人性化办案，妥善处理了这一案子。

类似这样的情节，小说当然不止写了这一个。

还有，何远的爱妻、幼儿园老师王春红，为支持何远工作，一直瞒着自己患胃癌的病情，带病上班，直到晕倒在教室。从一个侧面写出这一对夫妻的高尚人品。略显不足的是，小说对王春红着墨太少，如在家庭生活里，稍加渲染，作品会更感人的吧。

以人为本，尊重人，关爱人，这样一些人类共同的价值在《南山》里，是一面旗帜，精神的旗帜。

小说作者是否真正意识到这些，小说主人公何远是否自觉意识到这些，相信读者自有判断。可贵的是，作家的艺术直觉发现了并创造了何远这一艺术形象。

小说并不回避生活中美与丑、善与恶的矛盾冲突。

生活中善与恶的冲突与斗争，常常是复杂的。这种复杂有不同的内涵与层面，它绝不是如表面那样黑白分明，云泥判然。

正如纳博科夫所说，艺术的创造远比现实生活来得真实。那意思是说，艺术最难表达最要企及的应该是写生活的况味，那是五味杂陈的，是色泽斑斓的。

小说贴近生活，贴近底层，贴近基层，为我们讲述了几个警察的故事，力求揭示生活的真相，表现人生的况味。

面对笔下的人物，高亚平并不剑拔弩张，眉间挂剑，也不轻描淡写，无关痛痒，而是让人物在他们所生活的世界里，按照不同的价值观念、道德伦理和情感趣味去生活，去工作，去交往……作家的审美态度和精神取向在小说叙事里，是隐性的、暗示的，他给读者留下了丰富的想象空间。因此，小说的叙述是生活化的，追求一种娓娓道来，不温不火的艺术效果。

生活化即按日常生活流程，少大起大落，少奇峰突起，如小河淌水，汩汩流动。

叙述多采取白描，不煽情，更不矫揉造作，不作秀，不媚俗，平铺直叙中，自有一股温和、起伏的脉动。

生活中的亚平是安静的，平和的。他长期醉心于散文写作，先后出版过好几本散文集，散文《秦腔》更是誉满全国。

不久前，他拿出了长篇小说《南山》，让我惊讶，也让我欣喜。

这是亚平的长篇小说处女作，当然难免不足：小说的节奏感就有改进的余地，场景的描写，也显得过于简略。但瑕不掩瑜，《南山》的悲悯情怀，温和叙述，在我们这个喧嚣的文坛，无疑是一株秋日里的银杏树，亭亭玉立，淡黄的树叶闪动着阳光，将大地装扮得宁静而柔美。

《诗经·小雅·斯干》说："秩秩斯干，幽幽南山。""南山"的意向幽远而丰富，亚平的《南山》其意正在于此。"悲欣交集"（李叔同语）是艺术的崇高境界，祝愿亚平在朝向这一艺术高峰的创造性跋涉中，不断前行。

王仲生，文学评论家，《唐都学刊》主编，全国高校文科学报学术委员会副主任，陕西省鲁迅研究学会副会长，西安市作协副主席，市文史馆员。

秩秩斯干，幽幽南山。如竹苞矣，如松茂矣。

——《诗经·小雅·斯干》

1

何远是在给父亲办丧事期间，被分局政工科召回的。那时，老爷子的丧事刚处理完，他和哥哥正招呼前来吊唁的亲戚和帮忙的乡亲们吃饭，电话就打到了他的手机上。他头昏脑涨，也没有细看，便按了键，沙哑着嗓子问道："谁呀？啥事？"政工科科长郑重说："是我，郑重！老爷子的事处理完了吗？"何远说："已下葬了。"郑重说："如果事情处理完了，就请尽快回来，有要事！"何远还想问是什么事，但郑重口风很紧，只说回来就知道了，又劝他节哀顺变，保重身体，便收了线。何远找到哥哥和执事头，把情况说了，执事头说，自古忠孝不能两全，你去吧。哥哥也劝他快走，莫耽误了公家的事。何远便在父亲的遗像前上了一炷香，恭恭敬敬地磕了三个头，红肿着眼睛，告别了母亲，告别了亲戚乡党，开车向南山市里奔去。

南山市位于秦岭北麓关中平原上，是一个人口众多，现代化程度很高的繁华的大都会，因其距南山近而得名。南山市距离南山也就三十多公里的样子，雨后，或者天气晴好时，站在市区高处视野开阔的地方，向南远眺，南山巍峨的雄姿便宛在目前。但见群峰耸峙，连绵若波涛，直插云天，让人顿生肃穆、敬畏之感。南山也是一座人文底蕴深厚的山，《诗经》、汉赋、唐诗多有歌咏，如《诗经》中就有《信彼南山》一诗："信彼南山，维禹甸之。匀匀原隰，曾孙田之。"再如唐代大诗人杜牧也有《长安秋望》一诗："楼倚霜树外，镜天无一毫。南山与秋色，气势两相高。"可见此山之大有名焉。南山又叫月亮山，意思是有神仙居住的山。事实上，历朝历代，都不乏世外之人，隐居于此。他们结庐山中，茅棚草舍，一箪食一瓢饮，友麋鹿而侣鱼虾，竭诚苦修。以使自己的心灵得到安妥，如唐代之道宣法师，民国年间之印光、虚云法师等。

　　南山市历史悠久，人文古迹星罗棋布，科研院所、高校林立，以旅游、教育、科技闻名于世。眼下是当地的政治、经济、文化、教育、科研中心，也是当地政府所在地。

　　何远的老家在南山市咸宁区。咸宁区虽说也属于南山市的一个区，但离市区却有数十公里。咸宁区过去叫咸宁县，设区才是近两年的事儿。因此，在何远的心里，咸宁区和叫咸宁县没有两样，人还是那么厚朴，地方面貌也没有太大的变化。唯一不同的是，听起来似乎比以前好听一点而已。更何况，何远的家乡本身就在乡下，在南山边上，对何远来讲，叫县叫区就更无所谓。

何远家乡的名字叫蛟峪山，那可是一个好所在，有山有水不说，还是出山果的地方，什么桃儿杏儿八月瓜，核桃板栗柿子，应有尽有，童年少年时代的何远，可没有少吃这些东西。此外，在他们村庄的东山岗上，还有一座寺庙——龙池寺。庙宇如今虽破旧，但在唐代，却是皇家的庙宇，繁华无限。距蛟峪山下三公里处有一个村庄汤坊村，就是当年达官显贵们朝山时，在此歇脚留下的村庄，可见当年的繁盛程度。

桑塔纳小车沿着坑洼不平的机耕路，蹦蹦跳跳地向北开。路两旁是一片片的玉米地，玉米已快成熟，玉米棒上原来粉红色的缨子，已经变成了黑色。蟋蟀在田地里不管不顾，叫成了一片。不远处，蛟峪河沟道里的一块块稻田，也已泛出了金黄的颜色，有麻雀开始在稻田的上空呼啸。秋天的风从车窗吹进，凉爽异常，使何远胀痛的脑袋稍微好受了一些。但何远依旧心乱如麻，是什么事情能让分局这么急得把他召回呢？唉，吃公家这碗饭可真不容易，连老父下世都不得安生，早知如此，何必苦力巴挣地考什么劳什子大学，还不如当个本本分分的农民，日出而作，日落而息，来得自由自在呢。就在何远这样胡思乱想的时候，车子又跳了一下，便开上了平坦宽敞的环山公路。沿环山公路向西大约又行驶了十分钟，他把车头向北一打，便直接上了通往南山市的路。随着岁月的流逝，老母日渐年老，老父也不断患病，这几年，何远无数次地来回奔波在这条路上。可以说，闭上眼睛，他也不会走错路。

人心里搁着事儿就急，一路上，何远把车开得飞快，好几次，险些和迎面开来的车撞上。惹得对方车上的司机破口大骂，他也不顾。急死绊活的一通猛赶，下午一点刚过，何远终于把车子开进了南山市公安局城南分局的大门。他停好车，三步并作两步地上到三楼，刚到郑重办公室的门前，门已打开了。原来，他一进分局大院，郑重已隔窗看到了他。

郑重关上门，抱歉地说："事儿急，你正给老爷子办丧事，便把你叫回来了，实在对不起。改日我到老爷子的坟头，给老爷子多烧些纸钱，请他老人家原谅。"

何远不说话，只把探询的目光投向郑重。

"戴所出事了，检察院已把人带走，估计回不来了。"

何远的嘴巴瞬间张成了一个 O 字。

"分局党委决定，让你临时代理所长。"郑重说，"咱们是老同学，不来那些虚套子，你知道的，朝阳路派出所是一个大所，有几十号人。戴所出事后，本应由教导员王力代理。但分局从工作上考虑，还是觉得由你干更合适。"

"我能行吗？"

"扶正竿子，只要办事公道，我看能行。"

"戴所到底出什么事了？"

"甭打听，以后你就知道了。"郑重说："估计你还没有吃饭，走，我请你吃饭。想吃啥，老孙家羊肉泡馍咋样？"

"都行！反正我也没胃口。"

"下午分局领导就去所里宣布。"郑重边说边锁上门。下楼，俩人向街上走去。何远一路上默不作声，显得心事重重。

尽管郑重守口如瓶，可下午一到所里，何远还是很快就知道了所长戴奎出事的原因。

说起来已是三年前的事儿了。朝阳路派出所辖区有一家省上的外贸企业，因为前几年国家政策的原因，企业确实红火过一阵子，也赚了好多钱。偏偏这家企业的老总侯总是个吃喝嫖赌的主儿，仗着有两臭钱，闹腾起来没有个顾忌。在公司里公开聚赌，还肆无忌惮地把小姐带回公司的宾馆嫖宿。公司职工看不过眼，便举报到了派出所。戴奎一看，这猴儿实在闹腾得不成样子，牙一咬，使劲捣捣吧。所长一发话，管片民警也便上了心，于是，三天两头的，侯总便被拎回所里处理，可着劲儿罚款不说，很多次，干脆就直接扔到候问室，让他和犯罪嫌疑人为伍。侯总开始还找人，到处上蹿下跳地告。戴奎也是一个吃软不吃硬的人，你越告，我收拾得越厉害。最后，侯总实在被收拾得绷不住了，便下了软蛋，托人给戴奎捎话，要和戴奎修好。起初戴奎不理，可架不住所托之人反反复复地打招呼，再说，所托之人也是分局的一个副局长，有个有一有二，没有个再三再四，总得给领导一个面子啊。这样，由侯总做东，相约着在一块儿吃了一顿饭。饭桌上，几杯老酒一喝，借着酒遮脸，侯总说了以后请戴所关照的话，戴奎也顺坡下驴，两人就成了哥们。此后，侯总嫖娼赌博，民警碍着戴奎的面子，果然不再过问。当然，侯总也是一个识相的人，也不似过去张狂，干这些事儿，也知道遮人耳目，找一个僻静的地方。此外，投桃报李，作为对戴奎的回报，隔三岔五的，侯总也对戴奎有所孝敬，有时是几条烟几瓶酒，有时是几件高档衣服，至于逢年过节，那就更不用说了，送物送卡不说，还会送上一笔钱。钱数也不等，少则万儿八千，多则五万六万元。这些钱，戴奎也不敢独吞。千不该，万不该，侯总单位盖房，戴奎听说，也向人家索要了一套。尽管房子不大，是两室一厅，但也价值好几十万元。戴奎竟没有给人家钱。这事若侯总不出事，过个三年五载，也就无事。偏偏这几年公司不景气，加之侯总捅下的窟窿太大，公司经济日渐拮据，职工发不出工资来，又是上访，又是上街堵路，公司的主管上级坐不住了，派工作组一查，侯总那些烂事便被一下子抖搂出来，自己进了班房不说，顺带着把戴奎也送进了班房。检察院说戴奎是利用职务之便，收受贿赂，勒索贪污。

听了这些事，何远不由一声叹息。多好的人啊，硬是让贪欲把自己给毁了。生不带来，死不带去，你说人要那么多钱物干什么。

还没有等何远叹息完，便见戴着一副眼镜的民警赵跃进急慌慌地跑进了他的办公室。

"都多大年纪了，还这样毛脚神似的。甭急，老赵，啥事？"何远说。

"刘家庄发生了一起凶杀案，一个姑娘被杀了。"赵跃进说，并用手扶了一下快滑到鼻尖上的眼镜。

"给教导员说了吗？"

"说了，他让直接找你，说你马上就要当所长了。"

一听此言，何远不由一阵苦笑。你说现在都成什么事儿了，什么秘密不秘密，组织上决定的事，还没有宣布，满世界的人都已经知道了。何远问赵跃进："今天是哪个所领导带班，谁值班？"

赵跃进说教导员带班，他和王建军值班。

何远默然。他叹了一口气，在心里说，还是去吧，谁让自己是管刑侦的副所长呢。他思索了一会儿，对赵跃进说："去，通知王建军、张明，火速赶往刘家庄，保护好现场。"他边目送着赵跃进走出办公室，边操起电话，向分局局长杜平通报了案情。杜平命令他迅速赶往案发现场，并告知他分局刑侦大队的人马上也赶到。

放下电话，他上到三楼，给教导员王力打了招呼，便准备前往案发现场。王力叫住了他说："按说这趟浑水该我趟，可你马上就是代理所长了，你就辛苦一下吧。再说，你也是主管刑侦的所长，破案也是你分内的事。"

何远不等王力把话说完，就嗵嗵地下了楼，发动警车，向刘家庄疾驶而去。一路上，他这个气呀，恨不得逮住谁痛骂一顿。

在何远任命的问题上，杜平确实是下了狠心的。尽管政委胡世民坚决反对，执意要提拔教导员王力，可他还是说服了分局党委其他几位成员，让何远跳过教导员，直接担任了所长。不过，为了给政委一个台阶，他在所长的前面加了代理两个字。他想，这样也好，让何远时时牢记他这个所长现在还不把稳，如果工作干得不好，随时有可能被拿掉。对何远来说，这也是一个鞭策。何远的事就这样定了，倒是他自己的事让他担心。

在全市公安系统，51 岁的杜平可是一个风云人物，头脑灵光，聪明、能干，但也是一个备受争议的人物。杜平二十多岁从警，从一个小民警一路干到南山市公安局城南分局的局长，其中的艰辛与酸楚也是一言难尽。光在处级这个岗位上，就是一会儿被重用，一会儿被冷落，反反复复，让他喜喜忧忧，最艰难的时候，他都动过要调离的念头。也就是两年前吧，城南分局的局长猝死，市局局长老钟力排众议，把他从一个小分局的政委调过来，担任了城南这个大分局的局长。对老局长的赏识，他是打心眼里感激。一次酒宴上，他借着给老钟敬酒的机会，说了感激的话。老钟把他拉到旁边，说："你不要谢我。要谢我，就给我把工作干好，干到前面去！"他当时眼睛一热，差点落泪。

他觉得，这是这么多年来，他听到的最实在的一句话。为了这句话，他都得豁出命来干。为此，他不管不顾，大胆撤换、起用了一批能做事肯干活的干部，担任分局科、所、队长，让一些光吃馍不干活的人退下来，工作确实有了起色，为此，却也得罪了不少人。有人说他是排斥异己，有人说他是在培植自己的势力，还有人说他是在借机捞钱，社会上目前不是正流行着一种说法吗，要想富，动干部。一调整干部，就有人给你送钱了。在杜平调整干部期间，也确实遇到过民警给他送钱的事。一次下午下班后，他正独自一人坐在办公室想事，一个副所长敲开了他的门，并一闪身进了他的办公室。他问有啥事。那位副所长嗫嚅了半天，从口袋里掏出了个信封，放到他的桌上，说："一点心意，请杜局收下。这次分局调整，还得请领导关照一下，看能不能调到一个条件好点的派出所去。"他一听，当下就躁了，不好好想着干事，一天就思量着谋官。他怒喝一声："你给我出去！"并一扬手，将那位副所长送来的两万元钱扔出了窗外。钱飘飘扬扬，飞了半院子，把下面的人吓了一大跳。那位副所长也狼狈地奔出了分局。这事一出，准备送钱者马上敛迹。但也有人阴阳怪气地说，杜平是在做戏。说那位副所长送钱送少了，如果送上十万二十万，估计杜平就收了。杜平听了，那个气呀。可气归气，也无可奈何。私下里一想，目前这种社会风气，还真应了古人说的那句话，谁人背后不说人，谁人背后无人说。想通了，也就释然了，管他谁说的，权当是风说的。于是，他不管来自四处的非议，仍我行我素，坚持做自己的事。这样一来呢，一些民警嫌他螺丝拧得紧，把工作太当回事，就在背后砸他的洋炮，骂他是"二百五"，有更甚者，干脆骂他是"二球"。就连少数科、所、队长私下里也相互嘀咕，要市局赶快把他提拔了，送走，好像他是一个瘟神似的。

眼下，是杜平最艰难的时期。这艰难不是来自工作，说实话，他从来不怕工作，相反，还喜欢工作。这艰难主要是来自上面。就在一个月前，赏识他的钟局长到站离休，继任局长是邻市政法委书记马跃。邻市是一个地级市，马跃被安排到南山市担任公安局长算是提拔。杜平是聪明人，马跃还没有来南山市之前，他刚逮着一丝风声，就对马跃私下里进行了了解，马跃是从部队上转业到邻市的，父亲是高干，人很严肃，不苟言笑，据说脾气很大。最让杜平吃惊的是，马跃竟然还和胡世民是战友，这不由让他倒吸一口凉气。杜平心里太明白了，现在要想做成事，没有主官的支持简直是寸步难行。更何况，他一直还存有私心，就是想在仕途上再前进一步，冲板担任市公安局的副局长。这个愿望本来并不是遥不可及，相反可以说离他已经很近，但世事难料，钟局长的离去，让他一下子变得心里没有了底。杜平从来没有像现在这样感觉到孤独，他觉得自己瞬间成了一个没有娘的孩子，不要说日子过得好，就连生存似乎都隐隐地有了危机。

就在杜平胡思乱想时，他办公室的门被敲响了。

"请进！"

敲门进来的是郑重。"杜局，下午去朝阳路派出所吗？"

杜平略一沉思，便斩钉截铁地说："去！赶快把朝阳路派出所的班子安顿好。"

郑重为难地说："何远还在案子上，恐怕回不来。"

"我知道。能召集多少人是多少人，哪怕所里只有三个民警，先宣布了再说。"

郑重还想说什么。杜平挥了挥手："去吧，赶紧准备，别的事改天再说。"郑重只好识趣地退出办公室。他在心里嘀咕："杜局今天是怎么了？"

2

凶案发生在刘家庄三斜街的一家小旅馆里。何远赶到时，现场已被先期到达的民警王建军、张明控制住。尽管民警不让人围观，可听说发生了凶杀案，这家名叫君再来的小旅馆前还是站了很多路人。他们或交头接耳，或尽力把脖子伸长，向旅馆门口张望着。其实，他们什么也看不见，凶案发生在旅馆的三楼，现场房间并不临街。但这些人还是企图听到或看到一些什么。何远在心里想，这些人的闲时间可真多啊。

　　死者是一个二十岁左右的姑娘，她被发现时，已赤身裸体地死在床上。何远一边让王建军把房间的门把守住，不要让闲杂人员进入，等待分局技术人员来勘查现场，给死者拍照，一边让张明把旅馆经理和第一个发现死者的那位服务员找来，先初步了解一下案情，做做笔录。其实不用找，这两个人从案发后，王建军和张明就让他们待在附近，不许随便离开。

　　据那位服务员讲，发生凶案这间房子是昨天晚上7点多入住进人的。登记人是一个三十五六岁的瘦高个男子，身份证显示叫张凯，河南商丘人。这人背了一个大黑皮包，当时是一个人进旅馆的，至于死者是什么时候进来的，服务员说，因旅馆来往人杂，他们也不知道。死者被发现时是在今天12点20分左右，因为不知道这位客人退不退房，还要不要续住，前台让楼层服务员到房间询问。服务员敲了几次门，还大声地询问，只隔着门听见洗手间有哗哗的流水声，但就是没有人搭声。服务员以为客人在上洗手间，便没有再叫。大约又过了10分钟，服务员再次前去敲门，还是没有人应声。她便用备用钥匙，将房间的门打开，探头往里张望。这一望，把她吓了一跳，只见一个女子赤身裸体地趴在床上，光洁的右手和长长的头发耷拉在床外，她还以为那位姑娘得了什么病。等她踅摸到床边，拉了拉那姑娘，发现人已经死亡时，她这才惊叫着跑出了房间。

事情的经过大体上就是这样。

何远刚了解完情况，分局刑侦大队的民警便在主管刑侦的副局长和大队长张雷带领下，来到了君再来旅馆。趁刑警们忙活的时候，何远把案情简单向那位副局长汇报了一下。副局长听完汇报，又在现场转了转，直接给杜平打了个电话。杜平在电话中说，他就在朝阳路派出所，勘查完现场，让他们直接过所里来，今天是9月3日，发生在三斜街小旅馆的凶杀案就叫"9•3"凶杀案吧，赶快把专案组成立起来，专案组就由分局刑侦大队和朝阳路派出所两家单位抽人组成吧。

狗蛋骑着一辆快要散架的三轮车在小巷里转。狗蛋是商山县人，数年前，他放下锄头，告别世代居住的小山村，只身来到南山市闯荡世界。他当过保安，做过建筑小工，还在小饭馆做过跑堂，在浴场给浴客擦过澡，但干来干去，总干不出一点名堂。这很正常，他既没有文化，人又长得土气，虽然年轻，才二十七八岁，有一身好力气，也是白搭。城市不要好力气，城市要钱，钱多，就是身体再不好，气力再不济，也是爷。相反，没钱，便只能做孙子。像狗蛋这样的，自然就连孙子都不如了。狗蛋想明白了，也便不想再干出一点什么名堂，只想吃口轻省饭，至于脸面不脸面，也就顾及不到了。这样，他挑来选去，居然看中了收废品这个行当。你甭说，狗蛋的眼光还挺毒的，眼目下，南山市内，各行各业的手都是很稠的，只要能赚钱，没有那个行业没人做的。就连到太平间背死人，下井捞死人这样的活儿，也有人抢着干。相比较而言，整日与垃圾为伍，与野狗抢食，与流浪人员厮混的收废品，虽也有很多人在干，但因为名声难听，没有脸面，因而还能插进去脚。不像别的行当，插都插不进去。狗蛋认为自个这一选择是多么的英明、伟大。收废品不需要多大的成本，目前干这种营生的又多是年老和年幼的人，这些人衣食无着，或收入不足，才干这种活儿，无论从身体还是那一种条件来讲，狗蛋都比这些人强，都是顶呱呱的。

狗蛋入行后才知道，这个行业也没有他进来之前想得那么简单。起初，他以为，只要弄一辆破三轮车骑着，不要尊严，在背街小巷转悠着，收收废品就行。事实上，他最初几天也是这么干的，而且收入还很不错，几乎比他做小工高了两倍。但他很快发现，事情远不是他想象的那么简单。这里面也有行行道道，也有霸王。他知道这一切，是用一顿饱打换来的。

是前年春天的一个上午吧。大约 10 点钟光景，狗蛋从他的租住房中爬起来，胡乱洗了把脸，便骑上他的破三轮车出发了。狗蛋租住的房子在池塘村，池塘村在这座城市的东南郊，属于城乡接合部。这个村庄里，几乎住的全是像他这样的人，有收废品的，干建筑小工的，打把势卖艺的，吹糖人的，卖假耗子药的，还有做小姐卖淫的，等等，五花八门，形形色色，都是处在社会最底层的人。本村的土著居民住在池塘村的不多，这些土著居民都把不大的院落盖了房屋，而且一再加高，用来出租。他们大多住在城里，住在居民小区，只是月初或月末到村里来转一转，干啥？收房租。用过去的老话讲，就是吃瓦片子的。狗蛋出村，在村口一家卖糊辣汤的小店里，喝了一碗糊辣汤，吃了两方锅盔，才打着饱嗝，骑着车，向城市里游荡。他是不慌不忙的，慢慢腾腾的。他不上班，也没有太急的事要办，他急个卵呀？

太阳已升起老高了。

太阳照着他和他的漆皮剥落的破旧的三轮车，他和他的三轮车的影子便被拖得长长的，在路上缓缓地移动。风吹在他的脸上，暖洋洋的，没有一点寒意。时令已经进入了六九。五九六九，隔河看柳。狗蛋想，要是在老家，自己怕这时已在忙春耕了吧。一想到家乡的春天，他便有一种莫名的兴奋，他想到家乡解冻的河流，那汩汩流动的河水多清澈呀，清澈得人都不忍心将手伸进去。河里有鱼草，有水荇，有鱼腥草，有水芹菜，自然还有鱼、螃蟹。夏日里，他没少捉过它们。河岸上的草丛中，还生长着一种菌子，椭圆形，网状，状如牛笼头，下面生有一截肉色的杆，家乡人叫作牛笼嘴，拔回家，用油煎了，特好吃，香得能让人背过气去。在家乡的日子里，他没少吃过牛笼嘴。他还想到了家乡的春天的山，想到了燕子，想到了春花。春花是个年轻的寡妇，长得肉嘟嘟的，脸盘很大很白，很好看。想到春花，他就感到有些口渴，下面也不知不觉地硬了起来。一辆客货两用车开过去了，又有一辆小车开过去了，他回头往后面看了看，后面没人没车，前面倒是走着一伙人，但离他较远。他用手按了按鼓起的下部，连自己都觉得怪怪的。好在没有人注意他，他这才镇静了一些，少了一些局促和尴尬。

狗蛋就这样在胡思乱想中来到了清禅寺街。

清禅寺街在南山市的南郊，这里有一座建自唐代的清禅寺，寺不大，藏在一片居民区里，但因时间久远，里面现今住着一位得道的高僧善济老和尚，名气倒很大，四方百姓和达官显贵多有到此进香祈愿和游玩者。清禅寺街是寺门前的一条小街，街不宽，也就是两丈多的样子，街上可并行两辆小车，但这样的话，行人也便被挤到了道沿上。街倒是挺长的，大约有一公里。街两边全是有了些年头的老皂荚树，这些皂荚树春夏季节，生满了蜡质的硬硬的绿叶，密匝匝的，就会把街道荫蔽起来，像一条绿色长廊，人行走其间，晴天大日头不觉晒，下雨天淋不湿。依着寺，沿着这条街，便建起了许多居民楼。就连庙的后面，也新建起了一个楼盘，全然不顾了"宁住庙前，不住庙后"这句老话。

那天，狗蛋的运气出奇的好，他刚一到清禅寺街，把三轮车停到一家居民小区的大门口，就有一个长得像画儿上走下来的年轻女人，径直来到他的面前。他正自惭形秽，手脚无措时，那女人开口了："哎，收废品的，跟我走，把我家那些废品收了。"他连忙点头哈腰，拎了秤，拿了口袋绳索，厮跟了那好看女人，向家属院里面走去。女人家在三楼住，房子很大，装修的也很豪华，但令狗蛋惊异的是，屋内扔得太乱，衣服随意堆积，茶几上有许多空易拉罐和啤酒瓶，就连沙发上也扔了一条长筒丝袜。狗蛋在心里想，城里的女人原来都是一些中看不中用的货，连自己的窝都收拾不利索。女人把狗蛋领到阳台上，阳台上东西真多啊，废纸箱，废报纸，废鞋盒，还有各种乱七八糟的瓶瓶罐罐，几乎堆满了半阳台。女人一指那些东西："喏，你把这些破烂玩意清理一下，全拿走吧！"狗蛋拆箱，踩空易拉罐，整理，捆扎，嘶嘶啦啦，叮叮咣咣，几乎忙了两个小时，忙出一头的热汗，才把那些废物整理完。他拿秤要称斤两，女人一挥手，都给你吧。狗蛋心里那个乐呀，像吃了蜜蜂屎。他连忙鸡啄米似的谢了。来来回回搬了三四趟，才把这些东西挪腾到他的三轮车上，一瞧，三轮车上已经快装满了。

　　狗蛋骑了三轮车准备再转一会儿，就把这些废东烂西，直接送到废品收购站去。他甚至想，今晚回去，要大吃一顿，买上半斤卤猪耳朵，买上一瓶酒，犒劳一下自己。这样想着，狗蛋就暗自笑了。可是，还没有等他笑完，有一个人就挡住了他的去路。他翻了翻耷拉的眼皮，定眼一瞧，是一个三十岁左右的瘦小伙子，自己从来不认识。还没有等他开口说话，那小伙子先开口了："恭喜你，发财了！"狗蛋舌头在口腔里打了几个转，翻了翻眼皮，没有搭茬。

"咋不说话，哑巴了？胆子倒是不小，跑到我们的地盘抢食吃来了。说，谁让你到这一带收废品的？"

狗蛋瞪大了眼睛，难道收废品也要人同意？他有些来气，说："我自己来的，咋啦？"

"还敢犟嘴，我看你是皮松了，想要紧一紧。"瘦小伙子说着，突然伸手就给了狗蛋两个耳光。甭看人瘦，出手很重，狗蛋当时就给打迷糊了。等他清醒过来，也躁了。大天白日的，我收我的废品，你管得着吗？他蛮劲上来了，愤怒得像一头小豹子，从车上一跃而下，攒了两个肉拳头，便狠狠地向那个小伙子打去。那瘦小伙子一闪，顺势一个胳膊拐，便把狗蛋打得趴在了地上，接着，上来就是几脚，狗蛋的鼻血便哗地流出来了。狗蛋从地上爬起来，用袖子把鼻血一抹，就要拼命。这时，呼啦啦从墙角又钻出了三四个人，他们把狗蛋团团围在中央。瘦小伙子说："哥们，还要拼命？告诉你，打你白打，我劝你还是放明白点。"狗蛋哭了，他委屈地说，你们欺负人！你们到底要咋样！瘦小伙子上来拍拍狗蛋的肩膀，去把脸洗了，我们不想咋样，和我们去见老大吧，告诉你，吃这碗饭，没有我们老大同意就吃不成。狗蛋看看这阵势，知道今天遇到了恶人。再者，他平日里隐隐约约也听说，吃这碗饭也有人管着，他还半信半疑，由眼下的事儿来看，还真是这么回事儿。无奈，只好蹬了三轮车，跟他们走。

这伙人像押着狗蛋似的，转转悠悠，约走了三四里地，来到一家小旅馆前。其余人在下面站着，由瘦小伙子带了狗蛋，上到旅馆三楼。瘦小伙子敲开了一间房子的门："老大，又抓了个没有规矩的，咋处理？"

狗蛋顺着瘦小伙子的肩膀上怯怯地瞅过去，看见屋内烟雾腾腾的，有四个人正围着一张麻将桌打麻将，被称作老大的人，不耐烦地说："你们看着处理一下就行了，别啥事都找我！"瘦小伙子一迭声地说是是，刚准备转身离开，老大又把他叫住了，"让他每月缴五百块钱得了！"

狗蛋这才被带下了楼。瘦小伙子说，你叫啥名字，啥？狗蛋！一看你就是个老实人，我告诉你狗蛋，南山市里收废品是有人管着的，除非你到垃圾场捡破烂没人管，要走街串巷收废品，就得受城里城东城南城西城北五个老大管。咱们城南的老大我也见不上，我刚才领你见的是小老大，分管清禅寺、三斜街等十多个区域。你以后只要按月向我们缴纳五百块钱费用，我们就会给你划一个区域，就会保护你的利益，你也不用担心别的收废品的抢你的生意。狗蛋这才知道，城里连收个废品，水都这么深。说话间就到中午饭口了。狗蛋是一个灵醒人，今后要在人家的手下混世界，还不巴结着点人家，尽管刚才挨了一顿打，心里老大不乐意，但狗蛋还是提出了请瘦小伙子几个人吃顿饭。

一听这话，瘦小伙子乐了："嗬，你这小伙子还会来事，一看就是个灵光人，我们几个还有事，你的心意我们领了。下次吧！哥们，刚才的事对不起了，下手有点重，请多担待。要不你打我两下，消消气？"狗蛋边摆手边往后退着，连声说不不不。

这些都是两年前的旧事了。自从经过了那场烂事后，狗蛋的日子就安宁了，再没有人找茬，他也识相，按月向老大缴纳例钱，日子不紧不慢地向前过着，就像狗蛋脚下慢腾腾的脚步。不过，总的来讲，狗蛋感到，他的日子是一天比一天好了。他甚至有了手机，有了点闲钱，在外面还好上了一个名叫小芳的发廊妹。

认识小芳，也纯属偶然。今年夏天的一天，他收完废品，早早地就回了家。因天气炎热，他的租住屋内又没有空调，在家里待着实在热得慌，他便上身穿了件 T 恤，下身穿了条浅色休闲裤，趿拉了一双拖鞋，到外面去散心。甭看狗蛋是收废品的，可平日里，他却很注意自己的衣着，尽量把自己收拾得干干净净，究竟只有二十七八岁，他不愿别人说他邋遢，也不愿意别人轻瞧他是个农村人，尤其是不蹬三轮车收废品的时候，他把自己弄得更齐整。狗蛋出了门，却不知往哪里去，看看天气还早，他便想，何不去清禅寺玩玩。平日自己蹬着收废品的三轮车，忙着生意，虽成百次的在清禅寺周围转，要么不方便进去，要么没有时间进去，今日得一个空，就到那儿溜达溜达，听说那里有个叫善济的老和尚，推算人的祸福很准哩。对，就到那里转。这样思谋着，狗蛋就顶着毒日头，奔清禅寺去了。走了近一个小时，眼看穿过红光街就到清禅寺了，这时，狗蛋却被人叫住了。

"嘭嘭嘭！哎——"狗蛋刚走到一家小发廊前，发廊的玻璃门便被敲响了，他还听到"哎！"的一声。但他没有停步，他以为叫别人，便继续向前走。

"大哥，叫你哪！进来玩玩呀！"他一拧脖子，便见小芳穿得很薄很露，打扮得很妖冶，向他媚笑着招手。他看了一眼，头就有些发晕，想走，可是已挪不开步子。"怕啥，我又不是老虎。进来呀！"见他迟疑，小芳更加娇声娇气地催他。他也不知道咋搞的，就糊里糊涂地进去了。

狗蛋刚一进去，小芳就靠到了他的身上："大哥，我认识你！"狗蛋有些诧异，心想，你怎么会认识我呢，我可从来没见过你呀。仿佛看出了狗蛋的心思似的，小芳说，你不就是常在这条街上转悠着收废品的大哥吗，你老打我们店门前过，我早就记住你了。狗蛋让人家说中了身份，有点难为情。小芳却说，没有啥不好意思的，都是出来讨生活的人，你和我一样，都是底层人下苦人，区别是咱俩干的营生不一样。狗蛋想想也对，便没有了刚进门时的局促。没有了局促、忸怩，身体内的欲望便像火山似的，轰的一下爆发开来，他猴急地抱住小芳乱啃起来，小芳也在他的怀中拧成了麻花。于是，关店门，便做成了好事。事毕，小芳蜷缩在狗蛋的怀里说:"没事了以后常来啊,我叫小芳,大哥你叫啥?""狗蛋!"狗蛋说。小芳就又咯咯咯地笑了,"这个名字好,狗——蛋——"小芳有几分顽皮地说。

　　狗蛋给发廊老板缴了200元钱,又偷偷要了小芳的电话,便出门了。他出门回头一看,见小芳在门里对他招手,他便笑了笑。又抬头看了看店名,知道是夜来香,这才依依不舍地走了。狗蛋出了夜来香的门后,突然不想去清禅寺了,他想,日子这么的好,去那个冷冷清清的寺院干啥?学那些和尚出家吗?他才不想当和尚呢。他便又想到了小芳的身体,那个柔软呀,那个喷香呀,便自己又暗自笑了。他抬腿向池塘村走去,一路上,他脑子里全想的是小芳,他甚至把小芳和春花做了个比较,并固执地认为,小芳肯定比春花好。他在心里说,日后有机会了再去找小芳,就这一次,他已经有些离不开她了。

　　边想着这些旧事,边蹬着三轮车在街上转,狗蛋的心里隐隐的有一些着急。从昨天上午到现在,他就和小芳联系不上了,打电话不通,到红光路店里去找,店门紧锁着。难道出事了?听说三斜街的一家小旅馆里有一位姑娘遇害了,他赶过去看了,啥也看不见,警方封锁得很厉害,死了的姑娘会是谁呢?狗蛋可着劲想,把脑瓜仁都想疼了。狗蛋急着找小芳,还有一个原因,这就是他想告诉小芳一件奇事。昨天上午,大约8点左右,他刚转到清禅寺街,就看见一个瘦高个子小伙子,斜挎着一个大黑皮包,往一个垃圾桶里塞东西，一见他，急慌慌的就跑，差点和他碰一个满怀。一瞥间，他看见那人的留着分头，左脸颊上有一颗黑痣。

等那小伙子一走，狗蛋便急忙到垃圾桶翻找，想看个究竟。这一翻把他吓了一大跳，他翻到了一个玫瑰红色的小巧精致的女式手机，还是三星牌的。他连忙揣进衣服口袋里，寻了个僻静的地方打开看了看，是一个九成新的手机，什么都是好好的，他关了机，赶忙离开了那一带。他想，自己的运气也太好了，凭空捡到了一部手机，若把它送给小芳，不知小芳有多高兴呢。可是，令他沮丧的是，从昨天上午到现在，就是和小芳联系不上。他突然脑子里有了一个不祥的念头：莫非小芳出事了？他不敢再往下想。

3

"严重祝贺'四大名旦'冲板成功！"城南分局刑侦大队大队长张雷一推开何远办公室的门，就嬉皮笑脸地给何远来了一句，说完也不等何远让，就一屁股坐在靠门口的沙发上。张雷这句话，既有时下流行的网络语言，又有公安系统里的行话，比如冲板，不加解释，普通人绝对听不懂。冲板一词由监所而来。过去看守所里每个监房都是大通铺，一律的硬板床，厕所都在监房的最里面，里面空气污浊。一般新来的犯人，便都被安排睡在监房的最里面，也就是靠近厕所的地方。要想睡在门口或离门口较近的地方，要么凭拳头硬，要么凭时间熬。犯人们便将从厕所附近的床位移到靠门的床位这一过程称为冲板。后来，不知是谁将冲板引进到公安队伍里，而且很快流行起来，当然，意思也变化了，指某人被提拔了，进步了，你甭说，还蛮形象的。今年 37 岁的张雷，留着时下公安行当里时兴的板寸头，大眼，阔脸，高个，身材魁梧，看上去仪表堂堂，一身英气。别看他年龄不大，已是刑侦战线的老前辈了。他干刑侦这一行，少说也有十多年了，经他亲手侦破的大小刑案多达百起。当然了，他也在破案中成长，由原来的一个小刑警，成长为今天分局的刑侦大队长。

"别，才是个代理的，别说得我脸上挂不住羞愧得跳楼。"何远边给张雷沏茶，边开玩笑地说，"今日咋有空到我这破庙里来，是视察工作来了呢？还是指导工作来了呢？反正你已经看到了，我可就像那诗里说的老马，不用扬鞭自奋蹄的。"

"谁知道呢，刚才门可是关着，屋里藏着个美眉也保不准。"

"我可就这间半房，要不请张大队在卧室里参观一下？"

"知人隐私不祥，我可不犯这忌讳。"

"说正经的，是不是为'9·3'案子来的？"

"是呀。尸检结果出来了，死者二十一二岁，有先天性心脏病，系服用了过量麻醉药品三唑仑后引发心脏病死亡，死前有过性行为，但目前身份还不能确定。"

"得尽快确定死者身份，不然案子没法破。"何远说，"要不要在报纸电视上打一下寻尸启事？"

"我看很有必要，除此，还得加大走访力度。哦，对了，忘记告诉你了，我们对入住酒店者张凯的身份也进行了调查，商丘警方已反馈回消息，没有这个人，身份证是假的。还有，这个酒店因处在背街小巷，酒店及其周围都没有装监控。看来，这起案件的侦破难度很大呀！"

"是呀！那咱们废话少说，就抓紧时间分头行动吧！"

张雷叹了一口气："不抓紧时间行吗，市局现在要求命案必破，咱们杜局你又不是不知道是一个啥样的人。工作干不到前面去，不是寻着挨批。"

"我说哥们，咱们可是一根绳上的蚂蚱，破不了案，你我都没有好果子吃，还是多沟通多协作，共同努力吧。"

俩人又闲聊了几句，张雷就火烧屁股似的要走。何远知道他事忙，也不留他，只是把他送到楼梯口时说："哪天闲了请我喝酒。"

"又害馋痨了。行，等案子破后吧，现在没有心情。"

送走张雷，刚坐到办公室，还没有来得及喘口气，赵跃进就一头撞了进来："何所，又又……又来了！"

何远皱眉，训斥道："慢点说，这么大的人了，说了你多少次，咋还是这副德行，慌里慌张的，说，啥事？"

"老黏又来了！"

"去，把他挡到楼道口，就说我不在。"何远说着，就把赵跃进推出了门，随手把门反锁上，自己躲进了卧室。刚进了卧室，就听到老黏对赵跃进说，别骗我，我知道所长在办公室里。接着，就听见老黏踢踢踏踏着上了楼，他的办公室门便被擂响了。何远心里这个气呀，但却无可奈何。他在心里骂道，都是工作粗心闹的，都是钱不宽展闹的。

说起来，老黏的事也是七八年前的旧事了，何远也很同情老黏，但是同情归同情，自己却没有能力解决。为此，他都有些恨自己，恨自己咋就不是个暴发户，一把把钱给老黏，省得老黏整天来所里缠，缠得大家都心烦。

老黏的黏牙事是由一件伤害案引起的。

朝阳路派出所辖区有一个贺家村。这是一个城中村，里面百业兴旺，住满了各种各样的人。老黏和他的老伴、儿子也住在这个村，他们不是外来户，是地地道道的土著。他们有一院房屋，还有一间门面房。那院房屋他们并没有像村里其他人那样出租，就连门面房也是自己经营。老黏觉得，自己屋里住进了外人，不清静不说，心里也不踏实，别扭得慌。老黏一家人做炒货生意，门面房里支一口锅，炒瓜子，炒花生，炒豌豆，炒栗子，炒一切能炒的东西，现炒现卖。由于味道好，老黏的生意还不错，到老黏这儿来的都是回头客。老黏凭着炒货这门手艺，不仅维持了一家人的吃喝和日常开销，而且还有盈余。要不是后来发生了那件打架的事，应该说，老黏对自己的日子还是相当满意的。

　　那一年，老黏的儿子大毛和同村的一个小伙子麻六同时喜欢上了一个女孩，俩人互不相让，这年冬天的一天晚上，大毛喝完酒回家，路上，恰好看见麻六和那个女孩在一起，大毛遂撵过去，将麻六拦住，并拉住女孩，要一起走。一个让走，一个不让走，女孩很为难。大毛和麻六开始是口角，继而互相厮打，女孩见状，来来回回地劝，见没有结果，便自己负气走了。女孩一走，俩人打得更厉害了。大毛个子高，身坯大，又喝了酒，有道是酒壮怂人胆，便渐渐地占了上风，把麻六打得满地找牙。麻六打不过，情急之下，在地上捞起一块砖，不管不顾地就向大毛的身上头上乱抢，一会儿工夫就把大毛打得趴在地上，昏死过去。麻六一看闯下了大祸，转身想跑，被围观的群众抓住，最终打110向朝阳路派出所报警，民警赶到，才将大毛送往附近的医院抢救，将麻六带回所里进行讯问。也是活该出事，正在讯问麻六，给他做笔录，一位民警突然肚子疼将起来，不一会儿，额上豆粒大的汗珠往外直冒。另一位民警一看不行，连忙把他架上院子里的车，往医院里送。慌乱中，忘记了正在审讯中的麻六。等民警在医院忙乱完反应过来给所里打电话时，麻六已经是脚底抹油，早就溜得没影子了。

事后据调查得知，麻六逃出派出所后，先偷偷到医院查看了一下，发现大毛还昏迷着。他估计大毛可能救不过来了，便匆忙赶到火车站，买了张票，登上火车跑了。麻六这一跑不打紧，却给朝阳路派出所惹下了天大的麻烦。

　　大毛的肾脏被打坏，得长期住院做透析。老黏认为，麻六是因为民警失职跑掉的，大毛住院看病，费用本来应该由麻六掏，现在麻六逃走了，这个钱就得由派出所来掏。当时的派出所所长为了息事宁人，也为了自己的进步，便答应下来。他想着，先把老黏安抚住，待到自己混过了这一段时日，升迁了或调离了，老黏再找，那可就是后任的事了。另外，他还有一个如意算盘，你大毛今天住院，明天住院，总不能老住在医院吧。还有，麻六是跑了，又不是从地球上消失了，既然麻六是跑了，躲在哪一个暂时还不知道的角落里，总有抓住的时候，抓住了，这些医药费就得由麻六来掏，他目前掏腰包，不过是临时先垫付上，一句话，前任所长把这事给想简单了。没想到，大毛这病却如秋天的连阴雨，缠缠绵绵，拖拖拉拉，总不见好，麻六一时三刻也抓不住，而大毛的医药费却像滚雪球一般，越滚越大，不到一年天气，就花去了十多万元，把所长花得差点吐血。所长后来是如愿以偿地升职了，升到另外一个相对偏远的分局当了副局长，却把包袱甩给了下一任所长。做透析特别费钱，这样，老黏就三天两头地往所里跑，所里没钱给，或者不给钱，老黏就到处上访，告得分局局长坐不住了，就下令让所里想办法给老黏凑钱，给大毛看病。后来，后任所长被找怕了，一见老黏来，就千方百计地躲。麻六至今没有抓住，大毛的伤害案却已让朝阳路派出所前后花去了四五十万元，而且还成了城南区有名的信访案，搅得各级都不得安生。

听着外面不屈不挠的擂门声，躲在卧室里的何远暗自叹气，这成什么事了，总不能像老鼠似的，整天老躲着藏着呀。不行，抽空得再给杜局长反映一下，让他和区上协调一下，向区上要些钱，提藤拔蔓，看能否一次性解决。

杜平这两天一直害牙疼，痛得他腮帮子一抽一抽，嘴里也时不时咝咝地吸着气。这是老毛病了，他也不当回事。杜平一着急一生气就上火，就害牙疼。杜平生的是政委胡世民的气。就在刚才临下班的时候，他打电话给胡世民，让他收拾一下，晚上和他一起去丰泰楼吃饭，原本下午一上班说好的事，胡世民却临时变卦，借口晚上有事，说他去不了。要是搁在平日一般饭局也就罢了，可今天这个饭局非同小可，他们宴请的是城南区的区长，想让人家给批点钱，协调着把老黏的事儿了结了。人家区长忙，老约不上，好不容易约上了，没想到胡世民却中道掉链子，杜平能不生气？而且，让杜平更为生气的是，这已是近几天以来胡世民第二次给他难堪了。

前天临下班时，杜平把政工科科长郑重叫到他的办公室，让他通知分局党委成员，第二天上午召开一次分局党委会，总结一下前一段的工作，安排部署下一阶段工作。郑重通知到政委胡世民时，胡世民明确表示他不参加，而且还不允许郑重当天把他不参加会的消息告知杜平，让郑重明天上午再告知。郑重为难了半天，最后还是冒着得罪胡世民的风险，当天就把这一消息告诉了杜平。杜平听了微微一愣，继之一笑，对郑重说："知道了，忙你的去吧！"杜平心里想，胡世民不过是发发牢骚而已，他明天不会不开会的。但是，第二天，分局党委开会，胡世民生生没来。事后了解得知，胡世民那天既没有病，也没有事，而是带着他的司机，到南山上打猎去了。这让杜平大为光火，生了半天的气，但气归气，又有啥办法呢，人家也是领导呀，总不能因为人家一次不开会就打上门去，和他争吵。再说了，胡世民外出打猎，他也是从第二渠道得来的消息，认真闹起来，胡世民不承认，问他是怎么知道的，他能把告诉他消息的人卖了吗？思前想后，还是忍了吧，今后还要在一口锅里搅勺把呢，总不能为了这事，大家撕破脸。可胡世民就是不识相，一而再地给他难堪，让他下不了台，杜平又气又怒的情状，就可以想见了。

等喝过了这场酒，找机会一定得和胡世民理论理论。心慈不带兵，该硬的时候就得硬。杜平在心里暗暗地说。随后，他用右手托着腮帮子。吸溜着嘴，叫了司机，开车往丰泰楼奔去。那里还有一场大酒在等着他呢。

4

事实上，狗蛋的担心是多余的，小芳并没有出事，这两天，她和她的老板到南山旅游去了。出去旅游的想法是小芳提出来的，一天中午，店中没有客人，几个姐妹在一块儿闲聊打闹，小芳突然对老板说，桂姐呀，天天关在房子里，都快把人闷死了，能不能带大家出去转转啊。小芳这样一说，其他几位发廊妹也跟着起哄，老板桂姐一想，这些小姐妹都是自己的钱树子，得罪不起，加之大半年了，她自己也没有出去过，便顺坡下驴，高高兴兴地答应下来。正好，去年她到南山游玩时，凤凰沟里一家农家乐的老板给了她一张名片，连吃带住每人每天只要 100 元钱，便宜实惠，沟里的风景也不错，有山有水，山坡上还有一大片栗树林，蛮不错的，遂东找西翻，寻出了那张名片，和人家说好了，便带了几个小姐妹，拎了几件简单的包裹，杀奔南山。狗蛋当然不知道这些事，小芳也不会想起来告诉他。在小芳的眼里，狗蛋不过是她的一个客人，不同的是，她对狗蛋印象好一些。这没有什么，在小芳的手机里储存了许多像狗蛋这样的客人的名字。大家萍水相逢，能聚到一起是缘分，相见了，在一块儿玩玩，玩过拉倒。感觉好了，多在一块儿处处，感觉不好了，对不起，拜拜！因此，小芳外出，根本没有必要给狗蛋打招呼。所谓小芳是狗蛋的女朋友，说穿了，不过是狗蛋的一厢情愿。可狗蛋似乎对小芳动了真情，这两天，他一直在给小芳打电话，也一直往夜来香跑，令他失望的是，小芳的手机始终不在服务区，夜来香的门也一直关着。

在三斜街转了一会儿，狗蛋胡乱收了一些废报纸、旧纸箱，连车厢都没装满。他有点百无聊赖，也有些失魂落魄。不知不觉，他骑着三轮车，又转悠到了夜来香门口。还离着十多丈远，他就瞧见夜来香的卷闸门还是和原来一样，拉下来着。他有气无力地靠在一棵古槐上，掏出手机，拨开了小芳的手机号。他想，再最后拨一次，如果再拨不通，他就准备收工，回池塘村睡觉去。尽管还是半下午，秋天的阳光还斜斜地照在街上，可他已没有了干活的心思。

令他兴奋的是，小芳的手机居然通了。

狗蛋结结巴巴地问道："小芳，你在在……在哪里？"他觉得自己喉头发涩，声音有些颤抖。小芳在手机里欢快地说，她们进山玩去了，刚出山，现在环山路上，估计一个多小时后就能回到南山市。小芳还撒娇说，狗蛋哥，是不是想我了。狗蛋眼窝发热，对小芳说，你快往回赶吧，我等你，有事给你说。说完这句话，狗蛋收了线，他骑着收废品的三轮车，飞快地向池塘村驶去。得回去拾掇一下自己，洗涮洗涮，别汗里吧唧的惹小芳妹妹嫌。狗蛋觉得，世界一下子又变得敞亮起来了。

"砰——"双筒猎枪的枪管前冒出一丝淡蓝色的轻烟。随着一声枪响，前面山坡上一只奋力奔跑的兔子，如大海中突遭暴风巨浪袭击的小船，突然剧烈地颠簸了一下，然后又尽力往前一冲，就扑倒在那里不动了。

"好枪法！"司机小余说，然后飞快地向山坡上跑去，去捡拾那只倒霉的兔子。天气很好，秋阳红红地照着，明亮但不刺眼，山风轻轻地吹着，像小孩柔嫩的手，轻抚着人的面颊，凉爽而温柔，让人觉得能舒服到骨头缝子里去。秋色渐浓，一些草木已开始变黄，尽管黄得还不是那么明显，但亦足让人沉醉。胡世民把猎枪折成两节，潇洒地挂在右肩膀上，然后取出一包软中华烟，用手指轻弹出一支，叼在嘴上，啪的一声打着打火机，深深地吸了一口。他站在山坡上，让目光越过广阔的原野、村落，落到遥远苍茫的南山市。胡世民的心情是既愉快，又烦恼。这一段日子，他有事无事，总和局长马跃在一块儿泡着，从马跃的言谈中，胡世民觉得，马跃对他的印象很好。关键的问题是，他得设法尽快干出点成绩，给马局长看看。但问题是，他目前的角色是政委，只能管政工方面的事儿，而这些事儿，连三岁的小孩都知道，虚头巴脑，不易出成绩。为此，他上周给局党委提了一条建议，看是不是重新分一下工，但时至今日，杜平也没有表态。这令他不快，但又无可奈何。

今天，趁周日无事，他又带着司机，开车来到南山一家狩猎场打猎，他想借此调整一下自己纷乱的思绪。

在城南分局，民警们都有点怵胡世民，原因嘛，他有点喜怒无常，动辄爱张口骂人，民警摸不着他的脾气。民警们怕蒙羞，见了胡世民都是躲得远远的，采取敬而远之的态度。传说一次政工科一位民警去给胡世民送材料，胡世民也不知那天生的那门子气，反正心情不好。民警小心翼翼地把他的办公室门敲开，发现胡世民正拿着电话听筒骂人，心里暗暗叫苦，但退又没法退，只好硬着头皮进去，站在房子中央，是坐也不是，站也不是，浑身的不自在。好不容易等胡世民打完了电话，这位民警急忙走到桌子跟前，陪着小心说："政委，我把材料写好了，请你审阅！"只见胡世民哗啦啦地把材料翻了一遍，用力掼在桌上说，写的啥破材料，拿回去重写。民警心里说，你只是粗略地翻了翻，也没有仔细看，咋就知道写得不好。民警牛脾气上来了，从桌上拿起材料，抬脚就出了门，并把门很响地带上了。胡世民在房内喊，你给我回来，把门重新关好，民警连理都没有理，梗着脖子走了。过了几天，胡世民要材料，这位民警一个字也没有改，又把原材料送了上去，他都做好了挨一顿训的准备，没想到碰上了那天胡世民心情好，也没有追究几天前的事，把材料草草一翻，淡淡地说，不错，就照这样印发吧。把民警弄得半天都转不过弯来，出了门，直骂神经病。

在城南分局，胡世民喜欢带枪也是出了名的，可以说是枪不离身，身不离枪。在全市局系统，许多人都知道胡世民的一桩事儿。传说有一年冬天的晚上，胡世民和朋友喝完酒后，一个人顶着寒风趔趄着朝分局走，行至距分局有一里地时，突然从后面窜出两个小伙子，一前一后用匕首逼住他，让他把口袋里的钱交出来。这一惊着实不小，胡世民的酒马上被吓醒了，他也不知道从哪里来的胆量，一边说"别这样，别这样，我给你们拿！"一边把右手伸进外套里，伸到左腋下，假装给两位劫匪取钱。两名劫匪正眼巴巴地等胡世民往外掏钱，没想到，胡世民却变戏法似的掏出了一把手枪。两个劫匪当时就傻眼了，他们哪里见过这样的阵势，其中一个眼亮，反应快，一看这情形，也不管同伙了，"哧溜！"一声，像一只耗子似的窜进了旁边的小巷子，没了影子。剩下一个被胡世民用枪顶着头，抓了个活的，"小子吧，爷爷就是专门收拾抢人的，你不长眼，竟然抢到爷爷头上来了。"胡世民用枪敲打着被抓获的劫匪的头，气哼哼地说。不过，这事到底真假如何，说不清。曾经有人好奇地问过胡世民，他却机灵地用话岔过去了。还有人说，胡世民根本就没有这个胆量，那个故事是他自己给自己编出来的，目的是给他长期带枪找理由。说法多了去，也不知道哪个更真实。

　　"政委，已经打了三只兔子了，还打吗？"胡世民正抽着烟胡思乱想，小余提着兔子，来到了他的面前。小余手上的兔子只剩下了半个脑袋，兔子头上还在滴滴向下淌着血。

"再打一会儿吧！"胡世民说，"多打几只，等回城后，你给马局长的司机送上两只，让马局长也尝尝鲜。"胡世民说着，扔了烟屁股，从肩膀上取下枪，向山坡下低矮的灌木林走去，风把他的大背头吹得不时地竖起来，像一只奇怪的角。

"何所，死者的身份弄清楚了。咱们在报纸上打了寻尸启事后，隔了两天，就有人找来了。"中午在派出所的灶上吃完饭，何远刚推开办公室的门，走进办公室，准备休息一会儿，王建军却影子似地跟了进来，何远还没有反应过来，王建军就在他背后没头没脑地说开了。

"你这个鬼，走路能不能带点声，老跟游魂似的，无声无息。"何远放下碗，半开玩笑似地问，"案子有眉目啦？"

"先赏根烟抽抽。"

何远将下颌一扬，说："桌子上有，自己拿。"

王建军拿起烟，抽出一根点燃，又让何远，何远不要，便顺势将烟装进了自己的口袋。

今年三十多岁的王建军，虽然长得黑不溜秋的，但却身材高大，脸上棱角分明，尤其是那一双又大又黑的眼睛，时时处处透出一股英气，让人望去，顿生敬畏之心。他是和何远一同进入城南分局的，后来一同又到刑侦大队，到派出所，故此，两人关系很好。说来也怪，就是这么一个高大威猛的警察，平日见了同事，却没有个正形，好戏谑，好开玩笑。尤其是遇到何远，那玩笑开得更是没边没沿。因了业务强，也因了关系好，何远对他也是既喜欢，又恨得牙痒痒。

"你这二皮脸，咋又拿我的烟？"何远假装恼怒。

"这叫取之于民用之于民。你这烟说不定也是受贿来的。"王建军嬉皮笑脸地说。

"别像吃了欢喜娘的奶似的没个正形，说正事。"

"'9•3'案有进展了，死者身份确定了，是一家KTV歌城的坐台小姐，死者名字叫王翠花。"

何远一听这名字就在心中暗自乐了。他马上想到了有人曾经告诉过他的一个段子，说一人到陕北某村庄去找该村的村长，在村口遇到一老农，问：村长家在哪里住？答：村里。问：村长在家吗？答：不在。问：你咋知道？答：我刚从村长家出来。问：村长去哪儿了？答：我也不知道，你去问翠花吧。问：翠花是谁？老农一撇嘴：嘻，你连翠花都不知道，翠花就是村长的秘书么！自个儿乐了一会儿，何远示意王建军坐下，把案子进展情况说说。

王建军边喷云吐雾，边口若悬河地说，今天上午，有一个自称刘红，打扮入时的妖艳女子找到专案组，我问她有什么事，她紧张地说，她的表妹已失踪好多天了。她在电视上看了寻尸启事，觉得那个死者很像她的表妹王翠花。

我便带她到医院的太平间看了，那女子一见死者就嚎啕大哭起来，我劝了半天才把她劝开。后来，我把刘红带回专案组做了笔录，得知刘红和王翠花都是湖北宜昌人，两人是表姐妹，刘红 21 岁，王翠花 20 岁，两年前，她们从湖北老家来到南山市，起初在一些酒店打工，后嫌打工不赚钱，便双双进了 KTV 做坐台小姐。出事前的那天晚上，她们姐妹俩都在锦瑟歌城坐台，但不在同一个包房，她们俩分别被不同的客人点中了。但次日凌晨两点多下班时，她借上洗手间的机会，抽空给表妹打了一个电话，表妹让她先回，说自己还得再陪一会儿客人。她也没有往心上去，下钟后，就照直回了她们的租住屋。洗漱完毕，便先睡了。等她第二天醒来，已是日上三竿，她瞥了一眼旁边的床，空着，方知晓表妹昨晚一夜未归。但直到此时，刘红也没有太往心上去。一则，下钟后，在 KTV 上班的姐妹爱聚在一起玩，有时打牌，有时一同去吃夜市，如果太晚，就顺势睡在了别的小姐妹哪里。还有，就是有时在歌城里碰到了出手大方的，自己又看得上的客人，下班前和客人约好了，下班后被客人接走，陪客人过夜。不过，这一方面的情形很少，原因一是妈咪禁止，怕出了意外后给自己惹麻烦。原因二则是出于她们自身的防范意识。可到了中午，表妹也没有回来，刘红给表妹打电话，手机关机。问妈咪和别的姐妹，都说没有看见。她这才急了，又是给湖北老家打电话，又是四处寻找，直到见了咱们的寻尸启事，找到咱们这里，才算找到了表妹。可她的表妹已经成了一具冰冷的尸体。

"先不要让刘红走，安排民警再好好问问，看还能不能掏腾出一些有价值的信息？譬如刘红的表妹有没有男朋友，她平日和哪些男人来往密切，有存款吗，手机号是多少，等等，这些肯定对咱们破案有帮助。"何远说，"张大队知道这些情况吗？"

王建军说："给你汇报完后，我马上给张大队说。不过，张大队说不定早已知道了，因为专案组里也有他们的人。"

"还是说一下吧，不要造成误会。"何远说。

"放心吧，何所！我会和他们及时沟通的。"王建军说完，准备出门，可突然又像想起了什么似的，欲言又止。

"还有什么事吗？"何远问。

"对了，王教导最近老爱到专案组来，还打听一些案子上的事。"

"他也是领导，过问也是应该的，"

"可这个案子归你管！"

"别那么小心眼。"

"我也是顺嘴说说。领导不爱听，算我没说。"王建军抬脚出门。

"回来，我这里还有半条烟，拿走。"

"奖励我的？"王建军说。

"美得你，犒劳专案组弟兄们的。"

送走了王建军，尽管很累，何远却没有了睡意。

5

尽管妻子王春红说有急事，一天之内打了十多个电话，可何远回到家里时，还是到了晚上 10 点多。并不是他不想早回来，实在是手头的事儿多，杂七杂八的，脱不开身。他掏出钥匙，打开门，屋里黑着，既没有电视声，也听不到儿子的吵闹声。他打开灯，吓了一跳，妻子一个人呆呆地坐在沙发上，悄悄地抹眼泪。他知道，肯定是家中出了什么事，妻子受不了，让他早点回来商量处理，而他又偏偏晚归，才惹得妻子不高兴的。

"咋又抹开眼泪了，是谁惹我的老婆大人生气了？"何远想调节一下气氛，故意开玩笑似地说。说着，顺势坐到沙发上，伸出胳膊，想把妻子揽入自己怀里。要放在往常，妻子总会破涕为笑。但这次妻子却把他的胳膊硬生生地推开了，红着眼睛，幽幽地说了句："饭在锅里热着，你自己盛了吃吧！"说完，便进了卧室，并把门很响地关上。何远明白，妻子这回可是真生气了。妻子王春红家远在榆林一个县的乡下，现在是南山市一家大学幼儿园的老师，平日说话细声细气，很温柔，打从他们认识，就很少发过脾气，也不知今天到底是怎么了，生这么大的气。何远心中不免忐忑，他哪里还有心思吃饭，妻子前脚进卧室，他后脚就跟了进去，又是哄又是劝的，总算从妻子的口中掏出了让她发急生气的原因。儿子小龙，谎称家中有事，最近一周一直逃学，在学校附近的一家网吧上网，下午儿子的班主任打电话把妻子叫到了学校，问家中的事处理完了吗，不要耽搁了孩子的学习，儿子上网吧的事，这才露了馅。小龙今年12岁，已上小学六年级，再过一年就要小升初了，可儿子到现在还不知道学习，何远听完妻子的诉说，这个气呀，他当时就要冲进儿子的房间去，找儿子算账。妻子把他硬拉住了。"生这么大气有啥用？还是有时间多回回家，多陪陪儿子吧。"

一听妻子的话，何远立即泄气。是呀，自己有啥资格教训儿子，儿子长这么大，都是妻子在管，自己究竟陪过儿子多少次。他不由有些歉疚，觉得愧对妻子，愧对儿子。他对妻子说："放心，我不会打自己的儿子，我找他谈谈。"妻子小声嘱咐他说："声音放小点，有话好好说，不要吓了孩子。"

何远推开儿子房子门，屋内是黑的，静悄悄的，一点声息都没有。何远一边喊着儿子的名字，一边打开了灯。小龙没有睡，而是蜷缩在床头的一角。他强压住怒气，坐到儿子的身边，用手抚摸着儿子的头。儿子低声叫了声："爸！"就又把嘴闭上了。何远知道，儿子是心里恐惧，害怕挨打。于是，他声音更加柔和地说："儿子，坐起来，和爸爸说会儿话。"小龙顺从地坐直了身子。

"儿子，是不是又惹妈妈生气了？"小龙不语。何远继续说，"上网吧打游戏不要紧，但不能耽误学习，更不能说谎，欺骗爸爸妈妈，你说是吗？儿子！"小龙仍不说话，只是点了点头。

"去，跟妈妈道个歉，就说自己今后肯定会好好学习，然后上床睡觉，明早爸爸送你去上学。"

儿子下床，磨磨蹭蹭地过去了。他则去了卫生间，在卫生间里，他听到妻子王春红哭了，儿子好像也在抽泣。他急忙出了卫生间，奔进卧室，发现母子俩抱在一起，都在流泪。他的眼睛也不觉有些湿。

狗蛋是在梦里被人按住的。按住他的时候，他还有些犯迷瞪。他一睁眼，就看见一把乌黑发亮的手枪正冲着他的脑袋，枪洞里透出一股幽幽的冷光。他当下就有些发傻："你们……，你们干啥呀？"

"少废话，快穿衣服。"用枪指着他的民警不耐烦地说。

狗蛋一看来了这么多的警察，不知道发生了什么事，又不敢开口问。只得机械地穿着衣服。好在还不到十月份，天还不大冷，没有几件衣服好穿，他在民警的催促呵斥声中，很快就把衣服穿好了。让他意外的是，他刚穿好了衣服，便被两名民警强按着戴上了手铐，并连拖带拉地把他弄上了停靠在外面的一辆警车上。他拼命地喊叫，但这些警察仿佛聋了，根本不管他的嚎叫，硬是开车把他拉走了。路上嫌他嚎叫得厉害，一个民警还给了他一个窝脖，没好气地骂道："嚎啥嚎，嚎丧哪，再嚎抽死你！"狗蛋便被吓得噤了声。

狗蛋被直接拉到了朝阳路派出所。抓他的是王建军、赵跃进、张明和分局刑侦大队的人。时间是凌晨一点半。随后，王建军他们就对狗蛋进行了审问。

"姓名？"

"狗蛋！"

"狗蛋？说大名，不要说小名。重说一遍，姓名？"

"俺就叫狗蛋。刘狗蛋！"

"籍贯？"

"商山县丹水镇下河村。"

"年龄？"

"28岁？"

"婚否？"

狗蛋发愣。

"就是结婚了没有？"

"没有。"

"家中还有啥人？"

"爸妈，还有一个妹妹。"

"职业？"

"农民。"

"知道自己犯的事吗？"

狗蛋摇摇头，一副很茫然的样子。

"再好好想想。自己做过的事，总会想起来的。"

狗蛋于是使劲地想，但想了半天，还是想不出什么名堂。他脑子一个闪电，是不是自己和小芳做的事让警察知道了。他不由有些发呆，心想，坏了，这次警察肯定要罚钱了。他正在胡思乱想，猛然听到一声爆响，原来是问他话的那个民警有些躁了，拍着面前的桌子喝问起了他。"还不交代吗？我看你是不见棺材不落泪。去，把那个发廊妹带来。"他示意旁边的另一个民警，那个民警很快就出了门。

狗蛋正在纳闷，门开了，刚才出去的那位民警回来了，后面还跟着两位保安，两位保安还押着一个女的。狗蛋定眼一瞧，吓了一跳，那个女的竟然是小芳。

"小芳，你咋了？"狗蛋说着，就要抬起身，但被民警按住了，"老实点，不准乱动。"

民警不问狗蛋了，而是冲着小芳吼道："告诉他，手机是哪里来的！"

小芳嗫嚅了半天说："是他给的。"

"说明白点，谁给的？"

"狗蛋！"

民警逼视着狗蛋，不发一言。

狗蛋慌了，他结结巴巴地说："手机是我给——给的。但手机可不不是我偷的，是我捡的。"

"捡的？"

"对，在清禅寺街一个垃圾桶里。"狗蛋于是把他如何捡到那部玫瑰红色手机的经过向民警叙说了一遍。他还特意说了一下那个留着分头左脸上有一颗痣的高个子小伙，他告诉民警，那个手机就是那人扔进垃圾桶的。

民警狐疑地望了狗蛋一眼，说："是这样吗？"

狗蛋点头。

"你的狗屎运也太好了，大街上那么多人，咋就你捡到了手机？你就编瞎话蒙我们吧。"

狗蛋于是矢天咒地地发了一通誓。

"再见到那个扔手机的人，你还能认出来吗？"

"能。"

"再见到那人，你得赶快向我们报告。"

狗蛋鸡啄米似地点头，连说："一定！一定！"

"你说的话我们会调查的。"说着，问他话的民警对另一名民警挥了一下手，"先把他们带下去。"

狗蛋被带下去的时候还有些犯迷糊，他想不明白，他送给小芳手机的事，警察是怎么知道的。难道是小芳告诉他们的？他觉得这不大可能。他哪里知道，民警为了找到他，早就动用了技侦手段。

把狗蛋和小芳扔进候问室，王建军和赵跃进、张明就来到了何远的办公室。尽管已是凌晨三点，何远却还没有休息，他只是关了灯，在沙发上斜靠着，迷糊了一会儿。

听到敲门声，他赶紧开灯打开门，把王建军和赵跃进、张明让进屋里。

"审得咋样？"

"人看着很老实，是个收废品的，手机说是捡的。"王建军说。

"你估摸着是真话吗？"

"我看是真的。如果和案子有关，他早就将手机扔了，还敢把手机送给他认识的发廊妹？"

"那个发廊妹有问题吗？"

"派人查过了，没有啥大问题，就是卖淫。不过，那个收废品的提到了一个扔手机的人。"

何远沉思了一会儿，说："这是个新线索，好好查查吧。如果那个收废品的说的是真的，那么，那个扔手机的人很有可能就是犯罪嫌疑人，至少是一个知情人。明天再提审一下那个收废品的吧！还有，再调查一下死者最近的活动轨迹，看能不能从中排查出犯罪嫌疑人。"

王建军点头。

"夜深了，快去休息吧。"何远对三人说，"明天还有工作。"

"何所也早点休息。晚安！"

"晚安！"

王建军出门，上到自己顶楼的宿舍，隔窗一望，呀！月亮已挂到西南天边了。而月光下，南山隐隐，如一头黛色的巨兽，蹲踞在那里，雄伟、安静，似在守护者这座睡梦中的城市。王建军觉得自己的眼皮开始打架，困意像水，一瞬间就弥漫了他的全身。

6

胡世民这几天情绪有些低落，也有些心烦意乱。这种坏情绪全是由他的妻子李艳梅给他招惹来的。

李艳梅人如其名，确实长得漂亮。高挑个儿，丹凤眼，披肩长发，皮肤白皙，再加上有些狐媚劲儿，大凡男人见了，都会身体发软，挪不开步。不过，这女人有一个毛病，就是恃宠而骄，而且比别的女人做得还过，因为，她有资本。这个资本就是她的老爸。

李艳梅的老爸在新疆某部队担任师长，胡世民当兵时，就是给李艳梅的老爸当秘书。胡世民是何等精明之人，面前现摆着一个当师长的首长，他还不可着劲地巴结。按说，胡世民是工作秘书，生活秘书另有其人，但胡世民很贼，他借着工作上这一便利条件，有事没事总爱往李师长家跑，一会儿请示，一会儿汇报，完事之后，就是帮助生活秘书跑腿买菜，打扫卫生，陪师长喝茶聊天，时间一久，李师长见这小伙子人机灵，眼中有活，便逐渐喜欢上了他。胡世民也乐得把自己看作李师长的家人一般，没明没黑地在其家中泡着。胡世民起初并没有奢望着能娶上李艳梅，人家是首长的千金，自己不过只是一名小兵，门不当，户不对，就是首长选婿挑上一千个人，也未必能选到他胡世民的头上。但世事难料，那么多高干子弟向李艳梅求婚，李师长均婉拒，偏偏挑上了胡世民。李师长有他的理由，高干子弟，要么是靠父荫，愚蠢无能；要么是纨绔子弟，自己就这一个独生女儿，嫁过去肯定吃亏。反之，下嫁给一个贫苦人家的孩子，就无此之虞。夫婿不仅会疼着宠着，还不会吃亏受欺负，就是当下面子上不好看，但话说回来，这年头，面子这东西又能值多少钱。有了把女儿嫁给胡世民的想法，李师长就开始着力培养起了胡世民，两年一个台阶，两年一个台阶，等到李师长临离休前，胡世民已升到了副团职的岗位。李师长风风光光地把女儿嫁了，然后光荣离休。又过了两年，胡世民也离开了部队，转业到地方工作，凭着岳父的这层关系，他转业到地方后，不但职位没有降，而且还升了半格，由原来的副团摇身一变成了正团职，进了南山市公安局，担任了城南分局的政委。当然了，胡世民的妻子李艳梅也随夫转业到了地方，不过，她没有再工作，而是做起了生意，成了一个地道的生意人。这是胡世民的意思，当今之世，无钱寸步难行，与其非法敛财，担惊受怕，还不如放开手脚，自己动手，做生意挣钱。

李艳梅做的是浴场生意。她所开的浴场叫天之水浴场，就在城南分局的辖区内。天上之水，洗涤凡尘，多好的名字，可惜，她做的生意不正规，除了洗浴外，还有别的一些乱七八糟的名堂。但话说回来，现在有哪一个能赚钱的生意是没有名堂的。天之水浴场刚开的时候，分局民警不知道这是他们政委家开的，三天两头到那里去抓卖淫嫖娼，去抓赌博，今日拎走俩小姐，明日带走四五个打牌的，顺带再罚些款。不到半年，李艳梅就撑不住了。民警隔三岔五地往浴场跑，去时还开的是警车，穿的是警服，一来带走一拨，长此以往，还有哪个客人敢到天之水来消费。不得已，李艳梅不得不请夫君出面。胡世民一出面，局面倒是控制住了，再也没有民警敢到天之水去抓嫖抓赌了，但天之水浴场是政委夫人开的这一信息，也在城南分局传扬开来。民警私下窃窃私语，怪不得辖区这么乱，原来连咱们堂堂的政委家里也开了浴场，这让我们今后如何管？

　　更让胡世民恼火的是，李艳梅特爱显摆，做事从来都不知道低调，好像生怕别人不知道她是政委夫人似的。平日里外出，家里放着车不开，偏爱开胡世民的车。胡世民的车是警字牌照，有些特权，不怕违章，敢闯红灯敢逆行，这些都没有啥大不了的。因为交警一般见到警字号的车违章，没有人太较真，同行呗，人不亲行亲。再说了，就是违章了，被电子警察拍录上了，也不会做处罚。要命的是，李艳梅车技不行，动不动就和别人的车发生碰撞、擦刮。

出现事故了要说解决问题也行，偏偏李艳梅脾气不好，一出事故就和人家吵，遇到温和的，息事宁人的，一见遇上了狠角色，看看惹不起，吃点亏自认倒霉也就罢了；遇到火筒脾气的，或者也有些背景的，针尖对麦芒，这一下就热闹了，非得吵个天翻地覆不可。这样的争吵一个月常常里能碰到好几次，临末了，都是胡世民出面收拾残局，才得以了事。但胡世民不是神仙，他也不是事事都能摆平，这不，两天前李艳梅出的交通事故，就让他大栽了一次面子，气得他差点吐血。

　　一想起这事，胡世民至今还恨得咬牙。两天前，李艳梅闲得无聊，见天气好，又逢仲秋，忽然来了雅兴，邀了一位生意场上的好朋友，要去南山看红叶。李艳梅开车出了城，一路上兴奋异常，她边开车边和朋友聊，在一个岔道口，突然遇到一个横过马路的老人，她避之不及，将老人刮倒。按说，刮倒了人，一般情况下，司机都是下车先抢救伤者，但李艳梅没有这样做，她下车后，先是急急忙忙地拆掉了前后车牌，然后才过来查看老人的伤情。一看伤得不重，她给老人扔了300元钱，和女友上了车，一轰油门，绝尘而去。李艳梅自觉做得人不知，鬼不觉，但这事偏偏却被南山晚报跑街的记者兰波看到了，兰波回到报社，写了一篇《一警车刮倒路人不忙救人先摘车牌》的新闻稿，第二天在报上发了。稿件中不但描述了交通事故的全过程，而且还公开点出了警车车牌号。这一下事情惹大了，很多市民都知道了一警车刮倒人逃逸的事，他们纷纷致电报社，要求严查此事。马跃看了当天的晚报后，大为光火，立即下令局纪检委严查，看看这辆肇事车究竟是哪个单位的，是谁开的车。一查之下，得知是战友胡世民的坐骑，他马上给胡世民打电话，问是怎么回事，还在电话里美美地把胡世民臭骂了一顿。

　　胡世民是第二天上班后从王力口中知道这件事的。昨天，李艳梅并没有把她开车撞人逃逸的事告诉胡世民。胡世民不看报纸，他哪有这个闲工夫呀。是王力在报纸上看到了这篇批评报道，赶忙给他打电话，他才从桌上的一叠报纸中找到了当天的晚报，看了这篇报道的。一看之下，胡世民当下气得说不出话来。他在心里暗暗骂道：这个臭娘们，真是成事不足，败事有余。还没有等他打电话训斥李艳梅，马跃的电话就到了。在电话里，胡世民一个劲地给马跃回话，任凭马跃把他骂了个狗血喷头。临末了，马跃指示胡世民，赶快和局宣传处联系，和晚报协调一下，不要再做后续报道。但这话说说容易，实际操作起来并不是那么简单。报社并不是公安局开的，报纸也不是胡世民办的，你说不做后续报道就不做啦？如果这样的话，报纸的监督作用又到哪里去了？还要不要为读者负责？胡世民和宣传处的人到报社去一谈，报社不同意，记者更不同意，这么好的新闻材料，刚做了个开头就不做了，这不是虎头蛇尾么？胡世民碰了一鼻子灰，看看协调不下来，赶忙又去向马跃求救。最后，是马跃出面，才把这事硬压下去的。究竟马跃是局长，报社在很多时候还得跟他打交道，还得给马跃这个面子。经这事一闹，胡世民一夜间成了全市公安系统的名人，大家都知道他有一个二百五式的老婆，而且都知道他拿这个老婆没有办法。胡世民弄得灰土灰脸，回去和李艳梅大吵一顿，但也仅此而已，于事无补，影响已经造成，如覆水难收，他胡世民就是有天大的本事，也堵不住众人的嘴。如今当务之急，就是要设法把影响挽回。胡世民想到这里，拿起了办公桌上的电话。

"去朝阳路派出所！"胡世民对司机小余说，然后"咔嗒——"挂了电话。在城南分局里，几位局领导有分工，胡世民分管政工科、国保大队，此外还联系一个派出所，这个所就是朝阳路派出所。他此时此刻到朝阳路派出所去，一是想散散心，而另一个重要的原因就是检查一下所里近期的工作情况，尤其是"9·3"凶杀案的侦破情况。听说那个案子已有了一些眉目，好像已经抓住了一个犯罪嫌疑人。如果在他的指挥下，把"9·3"案子破了，那岂不是大功一件。再经媒体一宣传，谁还会再想起他老婆开车刮倒人的事？

胡世民是上午9点多走进朝阳路派出所的。一进派出所的大门，他就看见老黏揪着何远的领口，在院子里大喊大叫，旁边有几个民警正在努力地劝阻。他想抽身离开，已经来不及了。胡世民只好硬着头皮走到老黏跟前，虎下脸说："还不松手，也不看看这儿是啥地方！"

"政委，你来了！"站在院中的几个民警忙毕恭毕敬地和胡世民打招呼。何远也趁势掰开了老黏的手，尴尬着脸，不知道说啥才好。

"又没有看病钱了吧？"

"不是。老黏问我们啥时候才能抓住麻六？"何远说。

"胡政委，你可得给我儿子做主。我儿子肾被打坏，可你们至今却抓不住凶手，你们总得给个说法，不能给我来个一推六二五吧？"老黏气势汹汹地质问胡世民。

胡世民说："你总得给我们一点时间吧。麻六跑得没有踪影，我们找人也有个过程呀。再说了，我们手头现在还有一个杀人案没有破呢。等忙过了这阵子，我们一定把你儿子的事解决了。你看这样行吗？"

"你说话算话吗？我可被你们骗了好多年了。"老黏不信任地说。

"走吧走吧，不会骗你的！"众人连哄带劝把老黏推出了派出所大门，才长出了一口气。

狗蛋从派出所一出来，就脚底抹油，"哧溜——"一声溜了。他买了一张长途车票，直奔商山老家。下了车一想，我干嘛要跑呢？我一不偷，二不抢，更没有放火杀人，身正不怕影子斜，放着好好的南山市不待，又跑回老家来干啥，受穷吗？派出所已经审查过，啥也没有审查出来，已经把我给放了，这说明我没有问题，如果有，他们还会放我吗？再说了，南山市里还有亲爱的小芳妹妹，这一走不是见不上她了吗？不行，得回去。这样想着，狗蛋又买了一张返程的车票，颠儿颠儿地回到了南山市。让他没有想到的是，他刚一进家门，就又被警察给提溜去了。这次是王力带人把狗蛋给抓走的。自从那天胡世民到所里来过后，王力立马领会了胡世民的意图，政委想尽快破案，眼下又没有更好的线索，思来想去，还得从狗蛋处下手。究竟，狗蛋是他们目前掌握的唯一重要线索。

狗蛋是在黄昏被抓住的。那时，天空已似一位吝啬的老人，即将收走西天最后一缕彩霞，而夜色已如蜘蛛，起落着复脚，慢慢向大地袭来。狗蛋在门外的巷口吃了一大碗捞面，打着饱嗝，回到出租屋内，刚躺下准备迷糊一会儿，虚掩的房门被踢开了，他还没有反应过来是咋回事，就被王力带的人，连扭带拖，塞进了警车。警车旋即开动。在车上，有点发懵的狗蛋，刚问了一句："这，这到底是咋回事？"就被王力粗暴打断，并勒令他不许再说话。狗蛋只好如被封条封了口般，不再言语，只是用疑惑的目光望着眼前的这几个警察，心里嘀咕着：也不知道他们要把自己带到哪里去？

就在狗蛋胡思乱想的时候，一个急刹车，车停住了。狗蛋被人推搡着下了车，他一定神，咋又到了朝阳路派出所？

依旧是审讯。不同的是，这次审讯狗蛋的，不是先前那几个民警，他们似乎比先前那几个民警凶。

民警简单地询问了狗蛋的简历后，接着就直奔主题，让狗蛋交代他送给小芳的那部玫瑰色手机的来历。他刚说了一句"是在垃圾箱里捡的！"便被审讯他的民警抽了一耳光，喝令他老实交代。

狗蛋委屈极了，眼泪差点从眼眶中滚出。他嗫嚅着分辩道："我说的是实话！"

民警不听他的分辩，让他再好好想想，想好了再说。并说，他们已知道了手机的来历，这是在例行公事，是在考验狗蛋，看他老不老实。说完，审讯他的民警点上一根烟，到室外抽烟去了。室内只剩下狗蛋和做记录的民警，俩人都紧闭着嘴，谁也不说话。室内的空气好像凝固住了，沉闷得让人几乎喘不过气来。

门再次被推开时是在半个小时后，这次进来的不光是审讯狗蛋的那位民警，还有王力。听了审讯狗蛋的民警的汇报，得知案情没有丝毫进展，王力有点急，他特意赶过来看个究竟，看是否能经过他的开导，让案情有所突破。但令王力没有想到的是，他进房后，无论怎么审讯，狗蛋都是一句话，手机是捡来的。除此，再无二话。见状，王力大为气恼，他向两位民警丢了一个眼神："让他到外面清醒清醒！"然后，气哼哼地出了门。

狗蛋被带出了门，铐在了派出所后院的一棵树上。

尽管到了晚上，但天气依然很热。狗蛋被铐到树上后，那个难受劲就别提了。派出所的后院原来是一个自行车棚，这几年，随着骑自行车的人越来越少，车棚最终废弃，成了一个杂物间，里面不但堆满了落满灰尘、破旧不堪的自行车，还有一些破桌烂椅。除车棚外，就是几棵梧桐树，一棵榆树。梧桐树长得快，已有小桶粗，时值秋天，树叶蓊郁，荫翳了整个后院。就连车棚的顶上，也被树荫所罩，星月之光只能被筛下，斑驳于棚顶。而榆树呢，也许是冒出地面晚，也许是生长缓慢，则仅有橼子粗细，委屈地夹在梧桐树间，连叶子都是瘦瘦的，小小的。狗蛋就是被铐在这棵榆树上。起初，他是站着的，一个小时后，他实在受不了，干脆坐在地上。由于是背铐在树上，两只手臂不能来回活动，连蚊子叮他，他都没法驱赶。时间一长，他被叮得浑身奇痒，难过异常。加之天气又热，又喝不上水，狗蛋变得越来越焦躁。他开始大喊大叫，希望有民警到后院来，给他松了手铐。闹腾了一阵子，见无人搭理，他无望地耷拉下脑袋，大口喘气……

狗蛋再次睁开眼睛已是第二天的 9 点钟，他发现外面阳光很好，天空很亮。当他把目光收回，环视周围时，不由大吃一惊，我这是在哪里？医院吗？怎么还有民警？见他醒过来，守护他的民警，连忙走到床前，长吁一口气说："好了，你终于醒了！想喝水吗？"狗蛋觉得说话的民警声音有些熟悉，扭头一看，这不是第一次审讯他的那位民警吗？他挣扎着想坐起来，被王建军按住了，"再躺会儿吧！"

狗蛋鼻子一酸，差点流下泪来。他在心里嘀咕道：同样是民警，咋就这般不一样呢？他还不知道，他被折腾得昏过去后，是被何远找人送进医院的。这个时候，何远正在派出所里，为他的再次被抓，为他被铐在派出所后院树上，正和王力吵得一塌糊涂呢。

正如俗语说的那样，"热闹处卖母猪"，在所务会上，何远还没有和王力就狗蛋的事儿论出个究竟，就被郑重的电话给打断了。郑重在电话里直截了当地说："何远呀，咱们都是老同学了，你咋还给我来这一手呢？"

"你说啥呀？"何远丈二和尚，摸不着头脑。

"啥？有人把你们告了，说你们打击处理弄虚作假！"

何远更糊涂了，"你能不能把话说明白点了。"

"你赶快到局里来，去跟杜局长解释吧！"郑重说完，就挂了线。

何远举着手机，愣了半天神，终于没有弄出个所以然来。他只得宣布散会，开了车，火急火燎地往分局赶。路上，他又给郑重打了两个电话，但始终打不通。他索性不打了，是福是祸，见了局长再说。这样想着，功夫不大，就到了分局。他径直上到三楼，敲了敲门，进了局长办公室。

"杜局长！"何远赔着笑叫道。

杜平没有吭声，阴沉着脸，示意他坐下。何远刚坐下，杜平就随手从桌子上拿了一份材料，递给他。他接过一看，是分局打击处理考核表，朝阳路派出所名列第二。

"你们所里这个成绩是真实的吗？"

"应该是真实的！"

"通易坊贩毒案也是你们破的？"

何远挠了挠头，好像没有听民警汇报过这个案子，是不是王力指挥人侦破的，他有些拿不准。"我不清楚这个案子，或许是教导员组织警力破获的吧？"

"你不清楚？"杜平用眼狠狠地剜着他说，"一句你不清楚就完事了？我说何远呀何远，你可是代理所长，是所里的一把手，所里的大小事儿你都得清楚，关了三个人的贩毒案，你竟然一点都不清楚，你是干什么吃的！"杜平越说越来气，不由"腾"的一声，从座椅上站了起来。"你现在就给我打电话，把这件事情给我弄清楚！"

何远给王力打电话。所里的各种报表，都是王力分管的。电话里，王力有些支支吾吾。

"你给我说实话吧，那个贩毒案是怎么破的？"何远催促道。

"你旁边没有人吧？我跟你实话实说，这个案子是从别的分局买的，一个犯罪嫌疑人一千块。"不待王力说完，何远就冲着电话喊开了，"你咋能干这种没屁眼的事儿呢？"

王力也躁了："你冲我喊啥，还不是为了所里好。考评排到最后，谁的脸上也不光彩！再说了，戴所长过去当政时，就是这么干的。"何远无言以对，他不敢看杜平，痛苦地低下了头。

7

十多年前，南山市的朱雀大街上，发生了一起命案，一个 22 岁的小伙子在和女友谈恋爱时被杀。那时，杜平恰好在朝阳路派出所当所长，而出事的那一天晚上，也刚好是他带班，所以，他对这件刑案记忆深刻。

那是夏日的一个午夜，大约 1 点多钟吧。受害人和他的女友坐在大街旁边的行道树下，正在忘情地接吻，突然从一辆出租车上下来了三个小伙子，逼近这对情侣，抢劫女孩的手提包。女孩的男友见状，边高喊"抢人啦！"边过来撕拉歹徒。歹徒恼羞成怒，顺手掏出随身携带的匕首，就是一刀，男孩摇晃了一下，便倒下了。歹徒则抢走了女孩的手提包，迅速乘车离去。路人是听到了女孩歇斯底里的哭叫声后，才发现这里出了血案，并最终报警的。这件案子成了杜平从警以来，心中永远的痛。因为，它至今未被侦破。自然，犯罪嫌疑人仍逍遥法外。为什么下午一上班，杜平坐在办公室里，好端端地又想起了十多年前的这件旧案呢，因为，他是把此案和"9•3"案联系到了一起。从事后的分析看，朱雀路上的抢劫杀人案，很可能是过路的犯罪嫌疑人激情作案。那么，"9•3"杀人案是不是也属于此类情况呢，如果是，破案难度就会骤然加大，民警的工作量也会加重。二十多天过去了，"9•3"案虽说有进展，但进展似乎不大。不行，得督促何远、张雷他们抓紧一点，时间拖得越久，一些和案件相关的有价值的信息，便会越来越少，破案就会越困难。想到这儿，杜平下意识地就要伸手去拿办公桌上的电话。还未等他抓起，电话却鸟一样的叫了起来。

"我是杜平，哪位？请讲！"

"杜局，我是何远，我们辖区发生了一起绑架案。刚才，家住仙台村的一位出租车司机，带着他的爱人和小姨子前来派出所报案，声称他们四岁的小女儿，被人绑架了。"

"受害人怎么就断定他们的女儿被人绑架了呢？"杜平问。

"犯罪嫌疑人给他们寄了信，扬言他们的女儿在他手里，向他们索要5万块钱。"

"先从受害人那里摸摸情况吧，注意方式方法，我马上过来！"杜平命令道。

放下电话，杜平叫了司机，火速赶往朝阳路派出所。

还好，报案的三个人都在。杜平扫了一眼，那个出租车司机大约有三十岁左右的样子，留着板寸头，黑瘦，个儿不高，但看上去很结实，就是目光有些游移。他的爱人则有二十七八岁吧，白皙，清秀，穿着也很入时，看上去一脸的焦急。而她的小姨子有二十多吧，范儿很好，盘子很靓，穿着更加讲究，涂着口红，拎着一个大大的包，简直就是时下都市里的时髦女郎。看上去，很有一些狐媚劲。见杜平打量她，她很大方地把目光迎了上去，冲杜平浅浅地一笑。杜平赶紧将目光移开。

"说说你们的情况吧，越详细越好。"杜平说，"你们三个谁先来？还是你先来吧。"

在杜平的示意下，出租车司机开始叙说。一旁的王建军在记录。

出租车司机名叫刘建，据他讲，他的爱人叫李敏，他的小姨子叫李静，李静不是他爱人的亲妹子，而是堂妹。他们都是湖北荆州人。七年前，刘建只身一人，来到南山市创业。他在家乡时，学得一手极好的驾驶技术，因此，到了南山市后，就给人家开出租车，经过多年的打拼，手头有了一些积蓄，又向亲朋借了点钱，购买了两辆出租车，自己当起了老板，经营起了出租车生意。他的生意很好，除了给所在的车队交过钱，给所雇请的司机开过薪外，还挣了不少钱。三年前，他把爱人和孩子从家乡接来，在仙台村租了一套单元房，过起了一家团圆的日子。他的爱人是他们邻村的，也是他的中学同学，他们感情很好。去年夏天，他的小姨子幼师毕业，起先在家乡的一所幼儿园工作。后来，李静嫌工作累，每天陪着一帮娃娃玩也没意思，向他提出到南山市来工作，他和李静的姐姐商量了一下，同意她过来。李静到南山市后，一直没有合适的工作，便只好帮着他们带带孩子，也顺便帮着他们打理一下生意上的事儿。

"你们在一块儿住着？"杜平问。

"起初在一块儿。后来，李静嫌不方便，自己提出来，搬出去住了。李静在仙台村租了一套小单元房住。"刘建说。

"房钱谁给出？"杜平问。

"当然是我们。"

杜平沉思了一会儿，看刘建停下了，他忙说："说说案子上的事吧！"

"我这人有一个习惯，就是爱看报纸。我家里订阅了许多种报纸，什么《体坛周报》啦，《南方周末》啦，《南山晚报》啦，多了去，我通过它们了解国内国外新闻，了解国家的政策，了解本埠新闻。另外，也是闲得无聊，瞧个热闹。大约是半月前的一天早晨吧，我下楼到报箱里去拿报纸，却意外地收到了一封信。信没有贴邮票，是直接塞进信箱的。我诧异了半天，我们在南山市向来没有亲朋，湖北老家的人也不知道我们的居住地址，是谁给我们写的信呢？但信千真万确是投放进我们家信箱的，我就把信拆开了。我拆开信一看，吓了一大跳，信封中只有一张薄薄的纸，是一封敲诈信。信中要求我们在三天之内准备 3 万元钱，不然就绑架我们的女儿。还要求我们不许报警，否则，后果自负。我把信拿回家，让妻子看了，妻子一看吓坏了。妻子要报警，我说等等看吧，也许是谁恶作剧呢。我们一家人提心吊胆地过了三天，尤其是把女儿看得紧紧的，几乎是寸步不离。但三天过去了，并没有任何事情发生。这中间也没有敲诈电话，也再没有接到敲诈信，我和妻子都长长地出了一口气。"刘建说。期间，何远见他说得口干舌燥，起身给他倒了一杯水。刘建道了声谢，端起杯子，吹了两下，喝了点水，又说了起来。

杜平打断了刘建的话，问道："这事儿她知道吗？"

刘建说："知道，我告诉我小姨子了，一家人嘛！"

杜平示意刘建继续说。

"我刚才说到哪儿了？"何远在一旁提醒道："说到敲诈信的事儿。"

"哦，看我这记性。"刘建说，"我刚说安宁了，但第四天早晨，我一开信箱，天哪，又是一封没有邮戳的信。我像见到了毒蛇一样，不敢看它。但最终，我还是鼓起勇气，把它拿了起来。乡下人说的好，是福跑不了，是祸躲不掉。我先拆开信，看了再说。拆开一看，果然又是一封敲诈信。信的内容基本上和上一封差不多，不同的是，勒索金额提高到了 4 万元。而且，这次也不像上一次，接到信后无声无息。我看过信后刚过了半个多小时，我的手机上就接到了一条短信，问'钱准备好了吗？'，我和妻子都傻了。我正和妻子商量着，要不要报警，这时，我小姨子敲门进来了。见我们神色不对，她问我们出了啥事。我们把事情跟她说了，又让她看了敲诈信。她说，'先不要报警，再等等看吧！'我们听她的话，就没有去派出所。说也奇怪，那条短信来过后，此后便再无消息。我们实在等得难受，就试探着给发信息的那部手机发了条短信，'你是谁？我们素不相识，希望你不要再开玩笑！'短信发出去了，却如石沉大海，没有任何反应。一夜无事，第二天，和平常一样，我照常出车。我虽然跑着车，但心里一直不踏实，于是，我过一个小时，就给家里打一个电话，询问一下家里的情况，直到家里说无事，我的心里才稍稍安静下来。就这样心慌意乱地过了一天，眼看着快到下午5点了，就要交班了，但就在这时，让我惧怕的那部手机又发来信息了，提醒我准备好钱，等候通知。我一看，都快崩溃了，立即交班回家，准备和妻子一块儿去派出所报警。等回到家后，和妻子、小姨子一说，小姨子又劝我们再等等看。说来也怪，此后十天，再无此类信件和信息，我们仿佛做了一场梦。我想，这肯定是我认识的人在和我开玩笑。我们也不再管束孩子，仍让她像过去那样到街道上玩。"

刘建叹了一口气说："但终于还是出事了！也怪我们太大意！"

"别急，慢慢说。"何远说。

"昨天上午，我又在信箱里发现了第三封敲诈信，而且金额提高到了5万元。更让我们担心害怕的是，女儿下楼去玩，不见了。我们几个人找了一天一夜，至今未见孩子的面。问左邻右舍，都说未看见。我们只好来报警。"

刘建说。

"你们俩还有啥要补充的吗？"杜平把目光投向李敏、李静。两人摇摇头说："没有了！"

"那三封信件呢？"杜平问。

刘建赶紧从随身携带的包里把信件拿出来，恭恭敬敬地交给杜平。杜平让何远安排几位刑警随刘建他们一块儿去，先摸摸情况，顺便帮报案人寻找一下孩子。待这一切安排妥当，送走了报案人，他才小心翼翼地逐封打开了信件，仔细查看。三封信的信封上什么都没有写，里面的内容也很简单，都是索要钱款的，奇怪的是，信既不是手写的，也不是打印的，而是从报刊上剪下来的单字，经过组合后，用胶水黏上去的。就连落款和日期也是如此。看来，这个犯罪嫌疑人很狡猾，为做成此案，而又不被警方发现，可是下了一番功夫的。杜平看完后，把信件交给了何远，让他也看一下。"先立案吧，把信件交到分局刑侦大队技术室做个鉴定，看能否发现什么线索。另外，找一下市局的技侦部门，调查一下那部发短信的手机。"杜平说，"我先回局里了，'9·3'案子也要抓紧，防止时间长了，成了夹生案。"

"好的。"何远边说，边拉开车门，送杜平上车。目送杜平车子离去，他给值班副所长说了一声，发动着车子，向仙台村开去。一案未破，一案又发，如果不尽快破案，他将如何向分局交代？尽管刚才杜局长没有批评他，只是委婉地提醒他，但他心里明白，局长心里也很急，压力也很大，他已是在督促他们尽快破案呢。想到此，何远突然觉得自己肩头的担子很重，沉重的他几乎担不起来。

　　记者兰波这几天也是心绪不宁，显得很烦。至于原因嘛，说穿了也没有啥大不了的，她和报社分管老总吵了一架。今年29岁的兰波，算得上是南山市里的名记了。八年前，她从复旦大学中文系毕业后，恰好在网上看到南山晚报要招聘记者的启事，原籍东北的她，连和家里人商量一下都没有，就径直坐火车来到坐落在西北的南山市，应考报社记者一职。还别说，名校就是名校，出来的学生果然名实相符。在四百多名应考者中，兰波一路破关斩将，无论笔试还是面试，都名列前茅，最终实现了自己的梦想，成为南山晚报的一名记者。起初，兰波在文化部当记者，可没有当几天，她就烦了，一些演艺圈里的所谓明星，男不男女不女的，让人见了心烦。更要命的是，这些人动不动还爱弄出一些花边新闻，让她感觉如吞了苍蝇，心里更加腻歪。她实在受不了，就和报社领导说了，调到社会部当了一名跑街记者。跑街记者累是累，可每天见到的都是新鲜事，过得很充实，加上她腿勤，文笔又好，很是采写了一批能抓住读者的好新闻，尤其是和普通市民工作生活息息相关的好新闻，这样，没过几年，兰波在整个南山市的新闻行当，已小有名气，老百姓遇到难事，都喜欢找她，有了好的新闻线索，也喜欢给她提供，她也是逢叫必到，尽力而为。如此一来，她似乎一下子成了百姓心目中公道正义的化身，成了一名老百姓爱戴的平民记者。自然，荣誉也获得了许多，什么省市优秀新闻工作者啦，全市十佳记者啦，等等。但兰波好就好在，她依然没有脱离一线，依然每天奔波在全市的大街小巷，田间地头。由于每天忙于工作，兰波的个人问题，至今也没有解决。好在她心大，每当父母亲催促她时，她总是笑嘻嘻地说："又不是嫁不出去，不急！"但天生乐观的兰波，却因为稿件上的事，和领导干了一架。

　　事情是这样的。几天前，有群众向她举报，本市的天之水洗浴中心有不正当经营行为。接到举报后，她乔装成一般浴客，前去暗访了一次。暗访的结果，洗浴中心里除了有异性按摩外，好像还有卖淫嫖娼现象存在。她不敢肯定，于是，又找本报社的两位男记者帮忙，继续进行暗访。这一调查才发现，天之水洗浴中心里，确实存在着卖淫嫖娼问题。更让她吃惊的是，这家洗浴中心的老板，竟然是公安城南分局的政委夫人李艳梅。她起初不知道李艳梅是谁，后来在采访过程中，突然发现，李艳梅原来就是那个开着警车刮倒老人，不忙着救人，而忙着摘掉车牌，企图肇事逃逸的女人。她的心里一下子别扭起来，这个女人太嚣张，于公于私，她都得把这个盖子揭起来，让这家不健康的洗浴中心，早点关门。可待她把这一选题报告给部门主任后，主任思量再三，却拿不定主意。之后，又把此情况汇报给分管总编。总编的意见是，有损警方形象，建议不做。兰波一听，心里就来气，这不是讳疾忌医嘛，曝光一些社会的丑恶现象，怎么就有损警察形象了？她找到总编，和他论理，但任她说破嘴皮，总编就是不同意做。她和总编大吵了一通，气冲冲地摔门而去。她在心里暗下决心，一定要把这篇稿件写出来。但让她烦恼、沮丧的是，稿件可以写，可写好了往哪儿发呢？

　　整个上午，兰波都赖在宿舍的床上，直到中午，电视台的记者小青打来电话，她才爬起来。小青告诉她，市信访局门口刚才发生了一起突发事件，一个上访者因不满工作人员的答复，喝了自带的农药。听说人已送到了红十字会医院，正在洗胃抢救，问她要不要去看一下。

　　"去倒是可以，但是你觉得这类稿件能发吗？"兰波反问小青。

　　"还是去看一下吧，万一是重大社会新闻，明天漏报了，不又得扣钱！"小青说。

　　兰波沉默了一会儿，她觉得小青说的有些道理。那边的小青见兰波不说话，有些急了，冲手机喊道："哎，姐们，你是去还是不去呀，给个痛快话？"

　　"还是去吧！"兰波说，"咱们半个小时后，红会医院门口见。"

　　放下手机，兰波跳下床，三下五除二收拾了东西，洗了把脸，下楼发动了汽车，开车向红十字会医院奔去。离红十字会医院还有数百米远，兰波已看见小青穿着一身米黄色的连衣裙，在那里焦急的左顾右盼。兰波轻轻一笑，在心里说道，真是一个猴儿性格！她把车子停好，下了车，走到小青跟前。

"走吧！"兰波催促小青说。

"你怎么才来，都快急死我了。"小青嗔怪道。

"路得一点点走，我总不能飞过来呀！"

俩人说笑着，走进了红会医院。她们径直进了急诊室，向护士打问情况，打问的结果，确实有人喝了农药，正在急救室洗胃抢救。随后，二人又赶到了急救室门口。门口聚集了很多人，有信访局的，有街道办的，还有公安局的。兰波眼睛一亮，她在人群里发现了何远。"你咋也在这儿？"兰波问。

何远苦着脸说："不来能行吗？是我们辖区的事儿。"

兰波和何远三年前就认识，那时，何远还在城南分局刑侦大队工作，是刑侦大队的一名分队长。城南分局辖区内发生了一起拐卖妇女案，一名青年女子在劳务市场找工作时，被人贩子盯上，人贩子以帮助介绍工作为名，将其骗往山西雁北地区卖掉。那位女子被卖掉半年后，趁买家看守松懈，偷偷给家里打了个电话，家里人接到电话后报案，警方才最终前往解救的。那次带队解救的警方负责人就是何远。而兰波受报社委派，也全程跟踪报道了那次解救行动。他们之间的友谊，就是从那时开始的。在其后的日子里，只要何远他们那里有好的新闻线索，他都会及时告诉给兰波，兰波也会尽力把稿件做好。

"到底怎么回事？"兰波问何远。

"你知道的，还是老黏那回事。"何远说，"事情一直处理不好。今天上午，老黏又到市信访局去上访，要求公安局尽快抓获打伤他儿子的凶手，赔偿他的损失。因为言语激烈，和工作人员发生了冲突，最终一气之下，喝了携带的农药。"

"现在情况咋样？"

"人救过来了，但这事儿咋了呀？分局、市局局长都头疼，麻六公安局倒是可以想办法抓，关键是赔偿金额，老黏口张得很大，要政府赔偿100万元，公安局办案经费都紧张，哪来的这一笔钱呀！"何远叹着气说。

兰波同情地点点头。"事关维稳，看来又发不成稿件了。"兰波遗憾地说，"哎，何所，你最近忙啥呢？你们那里有啥情况吗？"

"能忙啥？破案呗！我们所摊上了两个案子，最近全所上下，都在忙这事儿呢！"

"啥案子？能报道吗？"一听有案子，兰波赶紧问。

"一起凶杀案，一起绑架案，都还在侦破当中，不能报道。"

"到时候案件破了，可别忘记告诉我呀。"兰波说，"那我们先走了！"

"一定的，到时候还得仰仗你这位大记者给我们宣传呢！"

8

"9·3"凶杀案侦破工作进展缓慢，但出租车司机女儿遭绑架案进展还挺顺利。城南分局刑侦大队技术室经过对三封信进行鉴定，在第三封信件的日期落款处，发现了一条重要线索，有一个阿拉伯数字"7"是用手写上去的，而且是用眉笔写上去的，这说明此案的犯罪嫌疑人中，很可能有一个人是女的，而且还喜好化妆。但这还不是最好的消息，更令警方欣喜的是，犯罪嫌疑人给受害人家属发来短信，催促其交赎金。有经验的办案民警都知道，凡是绑架案，抓获犯罪嫌疑人最好的时机，几乎都在交款环节，因为此时，犯罪嫌疑人最易暴露身份。杜平听到何远的汇报后，立即指示何远去一下市局，让市局的技侦部门进行配合，监控犯罪嫌疑人使用的这部手机，再调阅一下这部手机的通话记录，看能否寻找到犯罪嫌疑人的蛛丝马迹，并最终将其擒获。办案民警到相关部门跑了一趟，收获不大。从相关部门调出的通话单得知，此机无通话，就发过几条信息。更要命的是，这部手机是用一张假身份证购买的，这就意味着犯罪嫌疑人作完案后，可以从容地将手机卡扔掉，永无后患。市局的技侦上也没有监视出什么有价值的信息，一是因为犯罪嫌疑人不通话，二是因为犯罪嫌疑人发完短信后，可能已将手机卡拆去，待使用时再装上，故技侦上尽管技术很先进，但没有一点作为。办案人员经过认真商议，最终决定，还是耐心等待，把破案的赌注压在交款上。何远让刘建给犯罪嫌疑人发短信，试着约定交款时间和地点，短信发出去后，办案民警在受害人家中等了一上午，却始终未得到犯罪嫌疑人的回音。王建军他们只好给刘建交代一声，有了犯罪嫌疑人的信息，不要轻易回复，赶快告知他们，等他们回来，商量好措辞后再回复，之后，带领民警回所里吃饭。王建军觉得，他们这那里是在办案，简直就是在守株待兔。但办案就是这样，有时可以说是枯燥乏味。他们和犯罪嫌疑人比的就是一个耐心，就如水中的鱼一样，平时都深潜在水底，就看谁最先浮出水面。

王建军的运气真不错，就在他正吃饭的时候，刘建的电话打过来了，说犯罪嫌疑人来信息了。

"稳住，别打草惊蛇！"王建军一边告诫刘建，一边推开刚吃了半碗的饭，出门叫了赵跃进，开车向仙台村奔去。到了刘建租住的楼下，他三步并作两步，奔了上去。从刘建手中接过手机一看，果然犯罪嫌疑人又发来了信息，刘建的手机上赫然显示出这样的信息："钱准备好了吗？"

按照王建军的授意，刘建给犯罪嫌疑人回了条短信："5

万元钱已准备好，我女儿好着吗？"

"孩子好着呢，等我拿到了钱，我保证把孩子放回！"

"什么时候交钱？在哪里交钱？"

"等我通知吧！"

"我能和孩子说句话吗？"

"不行！"

短信交流就此结束，此后，刘建又连续给犯罪嫌疑人发了三条短信，都不见回复。王建军示意刘建拨打一下犯罪嫌疑人的手机，手机提示不在服务区，很显然，犯罪嫌疑人已抽掉了手机卡。刘建询问王建军、赵跃进怎么办，他们也没有什么好办法，只能耐心等待犯罪嫌疑人的再次出现。

好像在和办案民警做迷藏一样，犯罪嫌疑人再次出现，已是在三个小时以后，此时已是下午的4点多。犯罪嫌疑人短信通知刘建，今晚8点，双方在南山市西郊玻璃厂门口会面，交钱领孩子。犯罪嫌疑人还要求刘建把钱装进一个绿色提兜里，并警告刘建不许带警察，否则，就永远别想见他的孩子。王建军示意刘建一一答应。忙乱完这一切，王建军和赵跃进等即刻回派出所，并在路上，把这一情况，向何远进行了汇报。何远又把此情况汇报给了杜平，杜平立即打电话给张雷，让分局刑侦大队选派精兵强将，配合朝阳路派出所抓捕犯罪嫌疑人，解救被绑架孩子。他要求何远、张雷他们，一定要保障被绑架的孩子安全。

时间紧迫，何远、张雷他们调兵遣将，紧急行动。他们带了刘建夫妇和他的小姨子，还不到下午6：30，就赶到了西郊玻璃厂附近，然后查看地形，仔细部署，一张无形的网，悄然张开，只待犯罪嫌疑人撞进网里，束手就擒。

然而，网是张开了，却迟迟不见犯罪嫌疑人的出现。何远他们埋伏在周围，远远地望着刘建他们在玻璃厂门口来回徘徊，东张西望。两个多小时过去了，仍不见犯罪嫌疑人的影子，也不见其发来信息，"难道犯罪嫌疑人发现我们的行动了？"望着焦急等待的刘建，何远在心里嘀咕道。他和张雷商量了一下，决定取消这次行动。他向不远处的刘建招招手，刘建立即走过来。何远说："回吧！犯罪嫌疑人肯定发现我们的行动了。"

"再等等吧！"刘建心有不甘地说，"说不定我们刚走，绑匪就出现了呢。再说，我女儿还在犯罪嫌疑人手中呢。"

何远和张雷再次碰了一下头，决定按照刘建说的办，再等上半个小时。他授意刘建再主动给犯罪嫌疑人发一条联络短信。短信发出去了，却如水入大海，风入森林，没有一点消息。又耐心地等待了半个多小时，眼见无望，何远请示过杜平后，下令民警撤离。临分手时，他一再叮咛刘建，如有犯罪嫌疑人的消息，请不要擅自行事，等他们过来商量定后，再决定下一步如何行动，究竟孩子眼下还在犯罪嫌疑人手里，不可出现任何差池。刘建他们诺诺而去。

此次捕猎行动，不出何远所料，果然被犯罪嫌疑人发现了。刘建他们刚回到仙台村不久，大约晚上 11 点左右，犯罪嫌疑人就发来了信息，责备刘建不守信义，带领警察去抓捕他。刘建赶紧回短信，声称自己是无辜的，警察是自己跟着去的。对方一条短信："骗鬼，我已亲眼看见了！你再敢耍滑头，就请你来给你女儿收尸吧！"便又消失了。任刘建怎么哀求，怎么发信息，对方都不搭理。闻听刘建的报告后，何远埋怨刘建不该私自和犯罪嫌疑人联系，但他也无可奈何。作为一名民警，尤其是干过刑侦的民警，他理解受害人亲属此刻的心情。令他心里蹊跷的是，今天的抓捕行动，他们事先曾经过了精心准备，犯罪嫌疑人是如何发现他们的呢？是他们化妆不到位？还是埋伏不密，以致犯罪嫌疑人有所察觉？抑或有人走漏了消息？何远百思不得其解。但此案比他们先前预想的要复杂，却是再明白不过的事儿了。看来，今后的工作还得再做细致一些。

令人难熬的一天就这样过去了。当太阳再次升起，新的一天刚刚降临时，何远还在梦中，就被杜平的电话吵醒了。杜平告诫何远，要拿出工作思路，尽快侦破绑架案，防止夜长梦多，人质出现什么问题。必要时，"9·3"案可以先暂时放一下，把所有的警力都调到此案上来。何远边答应着边跳下床。"知道你们最近累，压力也大，但你告诉弟兄们，养兵千日，用兵一时，现在是到用兵的时候了。关键时刻，不能掉链子，不能断刀！"杜平加重语气说。

"是，请领导放心！"何远赶紧表态。

态好表，但破案就不那么容易了。此案该从何处入手侦破呢？何远陷入了深思，他在脑中仔细地把此案过滤了一遍，他隐隐感到，此案好像哪里出了问题，但问题究竟出在了哪里，他一时也想不明白。正在何远苦思冥想的时候，他的手机又响了，他不假思索地拿起手机，按了接听键，是张雷打过来的。张雷问他现在哪里，说有情况要向他通报。何远说他在所里。张雷让他不要外出，说他15分钟就到。放下电话，何远在心里嘀咕：难道是"9•3"凶杀案有了新进展？

还真让何远猜对了，"9•3"案子确实有了新情况，但进展不大。十多分钟后，张雷开车来到了朝阳路派出所，他一进何远的办公室，就把一份通报递给何远："你看看吧！"

何远接过一看，是一份市局的内部通报。原来就在近期，在本市的城北、双桥两个分局辖区内，又接连发生了三起三唑仑迷倒旅客抢劫事件，而且也都发生在小宾馆里。其中，两起是针对女性的，一起针对男性的。据警方事后对受害调查得知，犯罪嫌疑人专门挑选单身客人，以借东西为由，敲开受害人的房间门，趁其不备，用刀逼迫受害人喝下混合有三唑仑的饮料，致其深度昏迷，再对受害人进行抢劫，得手之后，迅速逃离。三起案件如出一辙。市刑侦局的意见，这三起案件很可能是一个犯罪团伙所为，建议并案侦查。

"看出点问题了吗？"张雷问。

"你是说，'9·3'凶杀案也可能是这伙人所为？"

张雷点点头。

"从作案特点上看，我看也像。"何远说，"是不是建议分局，也把'9·3'案并入上面三起案中呢？"

"我也这么想！"

张雷立即打电话，把他和何远的这一想法，向分局主管刑侦的副局长做了汇报，并说了他们的想法。刑侦局长同意。何远出门，喊来王建军和赵跃进，让他们到市局刑侦支队跑一趟，将"9·3"案也并入三唑仑抢劫案。办完这一切，何远和张雷又研究起了绑架案。何远说："我们得联手尽快侦破此案，以免夜长梦多，人质出现什么差池。我心里很急。"

"我也一样。但急有啥用，还得耐心等待，等待犯罪嫌疑人再次出现。"

"经过玻璃厂门口这一折腾，犯罪嫌疑人还会现身吗？"何远有些担心。

"不用担心，肯定会的。犯罪嫌疑人绑架孩子为了啥？还不是为了钱。钱拿不到，他不会收手的。"

"但愿如此！"何远说。

"哎，哥们，最近家里情况咋样？也没有抽空回去看一下弟妹？"张雷开玩笑道。

"你知道的，吃住都在所里，忙成这样，哪有时间回家呀！"何远叹着气说。

张雷走到何远身边，拍拍他的肩膀，关切地说："还是抽空回家看看吧！"

何远点头。说话间，派出所内的电铃突然响了。何远说："回头聊吧，我们要开例会了。"张雷摸出手机一看时间，已经是上午9点了，怪不得外面阳光明媚。

小芳最近总是有点闷闷不乐，没有生意的时候，她也不像过去那样，和姐妹在一起打闹、说笑，而是一个人坐在椅子上，双手撑住下巴发呆。姐妹们叫她过来玩扑克，她也是恹恹地说："你们玩吧，我有点累！"老板桂姐觉得她有点反常，还以为她病了，走过去，关心地用手摸摸小芳的头说："是不是病了？如果病了，不要硬撑着，到房间休息吧。"小芳说："我没有病！"桂姐有些狐疑地走开。小芳依旧独自坐在一边发呆。

其实，小芳没有说谎，她是没病，但她有心事。今年21岁的小芳，来自四川达州一个名叫红峪寺的小山村。那里山清水秀，景色宜人。红峪寺村坐落在一条狭长的山沟里，东面是山，西面还是山，中间则是一条终年长流不息的清冷的小溪，人家都是缘山而建，缘溪而居，散落如星。但风景好的地方，往往很贫穷。红峪寺也不例外，这里除了山还是山，除了水还是水，土地很少，每人平均只有三分土地，每年产的粮食，根本不够吃。树木倒是很多，但都是不成材的灌木林，没有经济林。常言说"靠山吃山"，但这里偏偏吃不上山，除了风景好，空气新鲜，人家得不到山的任何一点好处。于是，老辈人只好守着那点仅有的土地，过着清贫的日子。而年轻人呢，则不安心现状，纷纷外出打工。小芳也是经同村的一个姐姐小月介绍，才出来的。小月前后叫了她几次，她都没有答应，她放心不下家人。小芳的家里有四口人，除了父母亲，还有一个有点智障的哥哥，她怕她外出打工以后，父母亲照顾不过来。但最终她还是外出打工了，而且还是偷偷逃出来的。促使她下定决心的是她的父亲。

　　说来话长，那是三年前的一个夏夜。小芳和同村的一个姐妹趁晚饭后无事，相约到溪边纳凉。大约半夜时分，她纳完凉回家，刚走到自家的山墙边，突然听到父母亲在说话，似乎还隐隐约约地提到了她。她很好奇，不由驻足躲在墙边听了一会儿，不听不知道，一听吓一跳。父母亲正商量着用她给他哥哥换亲呢。所换亲的那家人她也知道，和她家隔了两架山，在青岔梁上。那户人家父母双亡，就剩下兄妹俩。哥哥十年前上山摘野葡萄，不幸遇到黑熊，躲避不及，被黑熊在脸上抓了一把，后来被跑山人救起，命倒是保住了，但一只耳朵和半张脸却被黑熊抓坏。本来家里就穷，再加上破了相，这样，一直熬到近四十岁，都找不下媳妇。有好事者便给他出主意，用他妹妹给他换亲。他最初不同意，觉得这样做太委屈他的妹妹，后经不住媒人三说两说，最终同意了。但他同意了，却一时三刻找不到下家，这事便在方圆山里传开了。小芳知道这事，就是听村里人说的。

当下，小芳就呆了。也不知过了多久，她才醒过神来，她又悄悄地返回溪边，独自坐在石头上伤心落泪。她觉得自己命太苦了。一直到后半夜，她的父母亲左等右等，咋也不见她回来，才外出寻找，最终在溪边找到了她。此时，小芳已暗暗下定了决心，她得逃出红峪寺，寻找她的全新生活。

小芳是一个有主见的女孩，她说走就走。第二天一早，她借口要和要好的姐妹们逛县城，坐班车离开了红峪寺村。到了县城后，她对同来的姐妹说了原委，让她们回村后，跟自己的父母说一声，就说她外出打工了，也许过几年就回来了，也许永远就不回来了，让父母亲原谅她不孝，别想她，就权当她死了。然后，她告别同来的姐妹，搭车去了广元。到广元后，她找人借了电话，和南山市的小月通了一个电话。小月听说她要来，高兴得不得了，就这样，她懵懵懂懂地来到了南山市。

到达南山市后，小芳无依无靠，就暂时借住在小月的租住屋里。最初的几天，小月带着小芳，到南山市的一些风景点转了转，还带她到回民街上去吃了小吃。之后，小月说她要上班，让小芳自己出去转着玩玩，先熟悉一下南山市的环境。小芳看见小月每天又是涂口红，又是描眉，打扮得花枝招展的，半下午出门，直到次日两三点才回来。然后一通猛睡，到上午十一二点才起床，吃点东西，又打扮了，背了时尚的皮包往外跑。小芳不知道小月做啥工作，很好奇。一天中午，她趁和小月吃饭的时机，小声问了一下小月，小月说："哪天我带你去见识一下，你就知道了。不过，话说在前头，你可不许对人说。"小芳被小月一下子说进了闷葫芦里，她更加糊涂了。她在心里嘀咕道：小月姐到底做的是啥工作呢?

小月在一家夜总会工作，是做小姐的。这是两天后的一个晚上，小月带小芳去她工作的地方后，小月才知道的。尽管小月对小芳说，她只是陪客人喝喝酒，唱唱歌，聊聊天，但小芳根本不信。原因嘛，在包间里，小芳明明看见小月被客人搂着，又是揉搓，又是亲吻，然后拥进包间中的一个小房间的。至于到房间里到底做了什么，小芳想都能想出来。不等小月出来，小芳就吓得逃离出包间，一直逃出夜总会，到了夜总会门外的广场上，小芳还觉得自己的心在咚咚地跳。小芳想，小月姐做的工作，羞死人了。小芳没有等待小月，而是自己一人步行回了出租屋。待她一进门，小月已先她回来了。小月埋怨道："你跑哪里去了? 也不等等我。我出来后不见你，四处找，都快把人急死了! "

小芳不说话。

"我知道你今天啥都看见了，别看不起姐，姐做这一行也是没有办法，谁让咱们穷呢! "小月叹一口气说，过来搂住了小芳的肩膀。

"小月姐，咱不干这工作行吗？咱们都有一双手，我们重找个工作吧！"

"我们能做什么呢？我们在南山市举目无亲，又没有技艺，除了自己的身体，还有什么呢？"

"咱们哪怕到饭店当服务员，给人家端盘子倒水都行，总比干那个好吧？"

"我已经习惯了，我受不了那份苦。"小月说，"要去你去！"

小芳无语。

从第二天开始，小芳不再出门闲逛，而是到处找工作。是呀，她只身来到南山市，也得有事可干，不能坐吃闲饭。再说了，她也没有钱吃闲饭。她在租住地附近一个街巷一个街巷的找，逢到酒店宾馆就进去问人家招人吗，折腾了一整天，直到下午4点多钟，才在一条名叫红柳路的小街里，找到了一份饭店服务员的工作。这家饭店叫红豆川菜馆，规模不大，也就上下两层楼，一楼是大厅兼操作间，二楼有十多个包间。老板是本地人，名叫肖来，也就三十六七岁吧，据说原来是开游戏厅发家的，后来因为公安机关打击的力度加大，风声太紧，才改行开饭店的。加上小芳，饭店有十几个服务员。小芳负责端盘子倒茶水，管吃管住，月薪1200元。第一天找工作，就如愿以偿，找到这么好的工作，小芳很高兴。当天晚上，等小月一回来，小芳就把这一消息迫不及待地告诉了小月，小月也替她高兴。次日上午，小月也没有像以往那样睡懒觉，而是收拾了一下，送小芳到酒店上班。俩姐妹临分手时，小月对小芳说："妹妹，出门在外要多长个心眼，常言说，'害人之心不可有，防人之心不可无。'这世间复杂，小心吃亏！下班后没事了，常到姐姐这里来转转。"小芳一一点头。二人含泪分别。

　　小芳自此便在红豆川菜馆上班，每天端盘子倒水，抹桌子扫地，工作累是累了点，但总算有了一份相对稳定的工作，能自己养活自己了，小芳很高兴。日子一晃就是三个多月，期间，小芳也曾抽空到小月处玩过多次，小月问了一下小芳的工作情况，小芳说好着呢，小月便也不再多问。但有一天早上，小月正在房间睡觉，却被外面急促的敲门声惊醒。小月有些狐疑，还不到早晨6点钟，是谁这样疯狂地敲她的门呢？她睡眼惺忪地打开门，小芳一步抢了进来，伏在她的肩上，失声痛哭起来。

　　小月的心里"咯噔！"响了一下，她知道，小芳可能出事了。

9

　　小芳确实出事了。她被人强奸了，强奸她的人不是别人，正是她的老板肖来。

　　小芳刚到红豆川菜馆上班的那几天，老板肖来并没有注意到小芳。一个服务员嘛，无亲无故的，老板关注她干啥？肖来注意上小芳，是在十多天以后。一日中午，小芳伺候一个包间的客人吃饭，饭局进行到中间时，小芳端了一盆上汤鸡毛菜，正准备走进包间上菜。没想到，一名客人啤酒、茶水喝多了内急，突然开门冲出了包间，恰好与正要进门的小芳撞了个满怀。小芳猝不及防，菜盆失手落地摔碎，菜汤、菜叶溅了客人一身。自然，小芳的身上，也溅满了菜汤。小芳吓坏了，她顾不得自己身上的菜叶菜汁，赶紧找来餐巾纸，俯下身子，边嘴里说着对不起，边替客人拭擦。但这位客人却邪乎，他口里不干不净地骂着，顺手就给了小芳一巴掌，小芳当下就傻了，愣在那里嘤嘤地哭了起来。正在一楼办公室喝茶的肖来，听到上面的哭闹声，很快上了二楼，连问是怎么回事。待弄清楚事情的原委后，他正想对小芳发作，蓦然看见，小芳泪痕下一张俊俏的脸，于是，把已到嘴边的骂语，生生吞了回去。转身对那位余怒未息的客人说道："有啥事不能好好说，值得这么发火？还打人骂人，不就是菜汤弄脏了衣服嘛，我们给你赔！"客人还想发火，看见肖来一副蛮横相，估计是一个不好惹的主儿，加之自己又打了人，理屈，嘴里虽还高声争辩着，气势上却已蔫了。同桌的客人怕事态扩大，也纷纷过来好言相劝。肖来口里边不依不饶地数落着，也就顺坡下驴，了结这事。

事虽完了，但自此，肖来和小芳却熟识起来。小芳在心中认定，肖来是一个好人，好老板。工作闲暇时，小芳常到肖来的办公室去聊天，肖来也在饭店里尽力照顾她。小芳觉得，日子一片阳光。

常言说得好：知人知面不知心。小芳一片真心对人，哪想到，肖来另有图谋。肖来外面狐朋狗友多，动不动就被邀出去喝酒。自从出了那档子事情后，肖来外出喝酒时，就隔三岔五地带了小芳一起去。小芳起初还有些害羞，但日子久了，也就习惯了。酒桌上，肖来有时抵挡不住，也让小芳代酒，小芳开始有些忸怩，但一想起老板对自己的好，也就半推半就地喝上几杯。不想，这一代酒，便代出了事。昨晚喝酒，肖来又让小芳代，三杯两杯的，不觉间，小芳就喝醉了。这正合了肖来的心意。酒席结束，小芳被肖来踉踉跄跄地带回了他的办公室，扔到了床上……

小芳受辱后，小月气不过，曾带着小芳打上红豆川菜馆的门去，找肖来算账，要求肖来赔偿。肖来开始抵赖，小月威胁说，如果不赔偿，她们就要去派出所报案，告肖来强奸。肖来头一扭，甩出一句："随便！"小月见肖来耍赖，也拿出了自己的撒手锏。她突然拉开自己背的包，拿出一件小裤头，冲肖来扬了扬："真的不赔吗？瞧瞧这是啥？"肖来一看，傻眼了，他知道那是小芳的内裤，上面肯定有自己的精斑。肖来低头，最终赔偿了小芳两万元了事。

小芳破身后，难过了好多天。小月劝小芳说："妹妹，别难过了！是女人，终究会有这么一天的。好了，反正你现在已经失身了，也无所谓了，从明天开始，还不如和姐姐去夜总会上班呢，我们姐妹在一起，也好有个照顾。"

禁不住小月三劝两劝，小芳同意了。

小芳在夜总会上班，开始只坐台，不出台。后来看见别的小姐出台来钱快，也就慢慢地入了道，开始出卖自己的身体。日子如流水，不觉间就过去了大半年，小芳渐渐的，也习惯了在夜总会上班。她觉得，靠自己的身体吃饭，没有什么不好的。如果日子永远这样下去，也便没有了后面的故事。

一天晚上，小芳正在夜总会坐台陪客人，忽然听到包间的铃声响了三下。小芳不知道是咋回事，却看见同一个包间里的小姐惊慌失措，台费也不要了，撇下客人，拿了自己的包，冲出了包间。小芳也慌忙出门，一出门才发现，走廊里一满是人，还有许多警察，一些小姐正没头苍蝇似的乱窜。小芳知道出事了，警方扫黄打非来了。小芳没能跑掉，她和许多小姐、客人被警方一大轿车拉到了市公安局，警察对她们进行了讯问，做了笔录，最终以治安处罚结案。罚款虽然是夜总会老板交的，但小芳却吓坏了。因为，那天晚上，随同警方一起行动的，还有许多电视台、报社的记者，如果新闻播出，让老家人看到，她今后将如何做人？小芳回到租住房后，对小月说，她再也不到夜总会上班了，准备重找一份工作。小月那天晚上因身体不便，没有去夜总会上班，幸运地躲避过了打击，听小芳这么说，她也没有啥好主意，只是建议小芳到发廊里去，说那里比较隐蔽，也可以做这一行。小芳听从了小月的建议，最终落脚到了夜来香发廊，这一干，就是两年多。在夜来香发廊，小芳接待过很多的形形色色的客人，但她知道，这些客人都是来花钱买乐的，尽管当时对她花言巧语，实际上没有一个对她真心的。只有那个收废品的狗蛋，对她还算真心。但狗蛋自从被派出所叫去过之后，已经好长时间没有来了。两天前，无聊时，她还给狗蛋发过一条短信，狗蛋也没有回复。她试着拨打了一下狗蛋的电话，手机关机。今天又打了几个电话，还是关机，也不知道这鬼死到哪里去了。小芳烦恼着，在心里暗暗骂道："我看你个狗蛋能躲哪里去，你再来，姑奶奶不理你了！"

　　小芳刚骂完，就听见老板桂姐喊道："小芳，有客人！"小芳赌气出去接待客人。

　　客人是一个"四眼"，看上去有三十六七岁的样子，戴着一副时下流行的黑框眼镜，瘦骨伶仃的，像一根竹竿。小芳在心里暗笑："就这副身板，还出来做这事！"

　　"四眼"假模假样地躺在床上，让小芳给他做按摩。但只过了一会儿，"四眼"就露出了庐山真面目，两臂一伸，把小芳紧紧抱住，接着一个翻身，就把小芳压在了身下，并用手急不可待地撕扯起了小芳的裤头。小芳一把将其推开，假嗔道："急什么？怀孕了咋办？"说着，下床，拉开自己的包，取出一个避孕套，扔给"四眼"，"四眼"慌忙套上，接着就不管不顾地在小芳的身上放浪开了。这小子也属于快枪手，没有几分钟，就一泻千里，从小芳的身上滚下，躺在一边喘气，活像一条被捞上岸的鱼。

没想到，完事后结账时，却发生了争执，小芳要 200 元，客人只给 100 元，而且，"四眼"还说，满南山市都是这个价。小芳干这一行多年，从来还没有见过客人赖这种钱的，她气不过，拉住"四眼"不让走，和他吵了起来。桂姐她们听到这边吵闹，和一帮小姐也过来帮腔，"四眼"脸上挂不住，竟打电话报警，声称夜来香发廊敲诈他。

这天朝阳路派出所负责接处警的是王建军，他把双方带回派出所一询问，不由乐了。这"四眼"也太可气了，自己不知道自个儿干了什么事吗？还敢报警！既然你心疼钱，就让你长点记性，心疼个死，罚款，可着劲地罚款。王建军直接罚"四眼"5000 元，"四眼"还想争辩，王建军把脸一板："你是想让我把你送去看守所吗？"

"四眼"立刻噤声。

"四眼"打电话，让人把钱送过来，交了罚款。王建军又训斥他几句，放他走人。接着，王建军也把桂姐和小芳教训了一顿，教育她们要走正路。两人鸡啄米似地点着头，诺诺而退。

其实，小芳冤枉狗蛋了。狗蛋这几天病了，而且病得很重，上吐下泻的，人都瘦了一圈。狗蛋的病来得很突然，一天下午，他收完废品，刚刚把所收的东西交到废品收购站，就觉得肚子一阵呼噜噜响，接着便是一阵绞痛。他赶紧跑到厕所，果然拉肚子。他估摸着中午可能吃了啥不洁的食物，肠胃接受不了，结果出了问题。回到出租屋，狗蛋锁好三轮车，到池塘村里的药店买了一盒肠胃宁，回家吃了。他想着吃了药，再休息一会儿，就会好的。没想到，这次拉肚子，却像秋天的连阴雨一样，缠缠绵绵，一拉就是三天，直拉得他浑身没有一丝力气，还没有要好起来的迹象。狗蛋起初舍不得到医院去就医，一看病的不行，他才决定，到村中的卫生所里去看病。

狗蛋到了卫生所后，向医生陈述了自己的病情，医生二话没说，直接给他开了五天的吊针。吊针一打就是四天，你别说，还真管用，病果然好了。第五天晚上，狗蛋又去了卫生所。病已经好了，他本来可以不去的，但狗蛋觉得，吊针既然已经开上了，还是遵照医嘱打完吧，不打完不就浪费了嘛。这样，他就又躺到了床上，让医生给他挂上了针。

狗蛋闲的无聊，便看起了电视。他正有一搭没一搭地看着，突然眼睛像被刺了一下，门口进来了一个人，那人竟然是那天清晨扔手机的青年。狗蛋有点不相信自己眼睛，使劲把眼睛眨巴了几下，没错，就是他，瘦高个儿，左脸颊上有颗痣。他想起何远、王建军的话，想偷偷给办案民警打个电话，一摸口袋，未装手机，手机拉到了出租屋的床上。他也不等吊针打完，急忙拔了吊针，便匆匆向出租屋奔去。到了家里，打开手机，给王建军打了一个电话，报告了在卫生所发现瘦高个儿的消息。王建军让他不要慌，赶快回去，监视瘦高个儿的行踪，自己马上就带民警过来。狗蛋立即又三步并作两步地赶回了卫生所。但等他到了卫生所之后却傻眼了，瘦高个儿不见了。询问卫生所的医生，医生说他们也不认识瘦高个儿，那人感冒了，买了点药就走了。

不一会儿，王建军带着便衣民警也来了，听了狗蛋的陈说，也是懊恼地直跺脚。王建军带着狗蛋，又在村中的街巷里寻找了半天，但哪里还有瘦高个儿的影子，只好怅然而归。当晚，王建军建议城南分局，又组织警力，对池塘村进行了清查，看能否发现瘦高个儿的行踪，倒是清查出了两拨吸毒的，抓住了几对卖淫嫖娼的，他们最希望抓住的瘦高个儿，到底未能找到。

让瘦高个儿从自己的眼皮底下溜掉了，狗蛋的心里像长了草，乱乱的。他觉得对不起王建军他们，一下子动用了上百名警察，几乎把池塘村翻了一遍，但还是没有找到瘦高个儿。他生怕王建军误会他，以为他在撒谎，因此，在王建军他们清查完要离开时，他走到王建军跟前，结结巴巴地对王建军说："对不住，王警官，让你们空忙活了一场，都是我不好，没能把人看住！"

王建军安慰他道："不怪你，你已经尽力了。谢谢你！"

听到这话，狗蛋搓着双手，竟感动得不知说什么好。

10

何远这段日子有点上火，不但嘴角上起了一溜泡，而且头发掉得也很厉害，致使原本就有些稀疏的头发，显得更稀疏了，脑门也显得更亮了。今年 36 岁的何远，个儿不高，天生一副眯眯眼，还有点谢顶，别看其貌不扬，却是城南分局里响当当的人物。十多年前，何远从中国警官大学毕业后，因为成绩优秀，南山市几个分局抢着要他，最终，他自己选择了公安城南分局。之所以这样选择，原因只有一个，离老家近，节假日好回家看望父母亲。可干上警察之后，他才知道，这一行太忙了，别说节假日，连个正常日子都没有。为了破案，常常是黑白颠倒，连个囫囵觉都睡不了，饥一顿饱一顿的，连一顿像样的饭都吃不到嘴里，整天忙得如有鬼在后面撵着，根本别提什么照顾家人了。因为平日工作劳累，压力巨大，他的战友中，很多人都患有慢性病，什么胃病、肝炎、糖尿病……多了去。何远自己也有严重的胃病，胃常常泛酸，有时还疼痛，他知道，这都是那几年干刑警时得上的。尽管如此，他从来都没有后悔过，他至今认为自己当年的选择是正确的，原因嘛，他太喜欢这个行当了。

在城南分局里，何远有一个响亮的绰号：四大名旦。这个绰号，既包含了战友们对他的戏谑，也包含了对他的喜爱。也许是遗传的原因，也许是爱动脑筋的原因，何远头发少，尤其是这几年，头发更少，简直是"前途光明"。是前年夏天的一个下午吧，分局召开科、所、队长会议，会议期间，也不知道是谁恶作剧，写了一张纸条，这张纸条很快在大家手中传开，结果是谁看谁捂着嘴笑。纸条后来传到了何远手中，他一看，也乐了。像被烫着了似的，赶紧把纸条递给前排一位姓张的派出所所长手里，并挤眉弄眼，坏笑着说："给你的！"张所长一看，立刻明白了是怎么回事，传给了另外一个人。坐在主席台上的杜平局长，隐隐约约地听到了大家的窃笑声，再用眼一扫台下，见大伙儿表情诡异，问发生了啥事，大伙儿绷不住，"哗——"的一声都笑起来。杜平被笑得莫名其妙，愣了半天神，终于发现了拿在一个所长手中的纸条。他假装生气地要过来一看，再一看台下的四个光脑袋，不由也笑了。自此，"四大名旦"的绰号，不胫而走。后来，其他三个谢顶的科、所、队长，退休的退休，调走的调走，转眼间风流云散，就剩下了何远一个，这样，何远就不得不一个人把这个绰号背上。你甭说，还蛮形象。每当有同事和他开玩笑，他也自我解嘲，称自己是"四大名旦"。"四大名旦"的声名越传越远，最终，连其他分局的人也知道了。

中午，在朝阳路派出所里吃过饭，坐在办公桌前，何远正在独自一个人想心事，门被猛地推开了，赵跃进闯了进来。

"所长，有……，有有情况！"赵跃进说。

"甭急，慢慢说，又没谁逼着你。"何远最见不得赵跃进毛手毛脚的样子，抢白他说。

今年已 43 岁的赵跃进，说话过去也是一字一板的，没有口吃的毛病。也是十几年前他还在分局刑侦大队的时候，一天夜里，大队执行任务，到乡间去抓捕一名持枪抢劫犯，在埋伏期间，赵跃进不慎擦枪走火，打伤了一位战友。尽管只是擦伤了一点皮，但他为此还是背上了一个处分。从此，赵跃进就变得胆小起来，说话时，只要一着急，就有点口吃。好在他人好，车技又好，那档子事过了以后，虽不能在分局刑侦大队干了，分局派出所却都争着要他。他左思右想，最终来了朝阳路派出所，在所里当了一名刑警，这一干，就又是多年。

"何所长，刘建那边有动静了。"

一听这话，何远"腾——"地站了起来，催促道："到底是咋回事？你快说！"

"刘建来电话说，绑匪又发来信息，向他要钱。"

"刘建人呢？他现在在哪里？"

"在他家里。"

"走，去他家里。"

何远带了赵跃进，急速下楼，开车向仙台村奔去。到了仙台村刘建的家里，发现王建军已带着一位刑警在此工作，见何远来了，他简短地把他掌握的情况向何远做了汇报。原来，就在午饭期间，刘建正在和哭哭啼啼的妻子商量着寻找女儿的事情，犯罪嫌疑人发来了短信，要求今晚六点半，在菜市口交赎金。犯罪嫌疑人再次叮咛刘建不许报警。刘建夫妇愁得不得了，已经过去了快一周时间了，他们很担心女儿的安全。

听了王建军的汇报，何远心情也很沉重。他在心里暗暗祈祷，但愿犯罪嫌疑人不要丧心病狂，伤害了孩子。

何远把绑架案的最新情况向杜平局长做了汇报，又和张雷进行了沟通，按照犯罪嫌疑人和刘建的约定，他们立即调兵遣将，对菜市口进行了布控。

菜市口在南山市主城区繁华的北大街上，在过去的年月里，这里曾是一个很大的蔬菜集贸市场，不光卖蔬菜，别的商品也卖，自然人也很多，可以说是商贾云集，人流如织。历史上，这里也曾经是一个杀场，很多大奸巨恶，就是在这里被砍了头的。民国年间，一度猖獗于南山地区的著名土匪吴三春，就是经时任国民党监察院院长于右任的批准，被在此正法的。吴三春系四川一贫人家孩子，因家人和当地土豪争地畔受到欺负，于一天深夜愤然烧了土豪家的房屋，后逃到南山落草为寇。经过十多年发展，成为盘踞南山的名匪，其势力最大时，手下有五千人马，以秦巴为根据地，设税收局、铸币厂，封官封爵，俨然一独立王国。国民党军队曾多次进剿，但均不能将其剿灭，成了国民政府的一块心病，并最终促使其痛下决心，将这一匪患铲除。说起吴三春被抓获的经过，南山市的老辈人，如数家珍。据言，1937年冬，国民党军队进剿吴三春匪部，并将其击溃。穷途末路的吴三春，最后逃进太平峪。由于太平峪是一死峪，有进路，无出路，故国军派人堵住山口，张网以待。当时大雪封山，天寒地冻，冻饿交加的吴三春，只得派姨太太化妆成山村妇女，涉险出山寻食。把守山口的士兵将吴三春的姨太太拦住后，经过一番盘问，并未发现疑点，正准备放行时，突见其一笑，露出几颗金牙，士兵心中疑惑，普通山村妇女，哪有镶金牙的？便拦住再审再问，终于获知了其真实身份。国军后在其指引下，顺利将躲在山中的吴三春擒获。为祸南山三十多年的吴三春匪患，最终被剪灭。当时，据说行刑时，是万民空巷，把菜市口给挤了一个水泄不通。行刑结束后，光被踩丢的鞋子，就捡了半筐篮。

鉴于上一次抓捕失败的教训，此次布控工作，何远和张雷做得更加仔细和周密。他们不但提前查看了周围的地形，而且，还做了相关预案，避免在抓捕犯罪嫌疑人过程中，伤及无辜的市民。自然，刘建夫妇和他的小姨子，也参与了此次抓捕行动。便衣民警在菜市口埋伏了三个多小时，从下午5点一直等到8：30，也没有发现犯罪嫌疑人的影子。

又是师劳无功，何远他们郁闷透了。而更让何远郁闷欲死的是，他们刚离开不久，犯罪嫌疑人就又给刘建夫妇发了短信，责备其不讲信用，又带了警察去约会现场抓他。

胡世民喝醉了，醉得一塌糊涂，软得就像一根面条，扶都扶不起来。王力费劲地把他移到按摩床上，自己也累得直喘粗气。

胡世民的心情糟透了。这种坏心情不是别人带给他的，是他的老婆李艳梅带给他的。下午一上班，他刚坐到办公桌前，沏上一杯茶，准备翻看一下今天的报纸，电话就叫了起来。他慢腾腾地抓起电话，问是哪位。

电话是朝阳路派出所教导员王力打过来的，王力让他打开电脑，上网查看一下，说他的妻子被人挂到网上了。

胡世民吓了一跳，赶紧开机上网，天哪！李艳梅的天之水洗浴中心果然被人捅到网上了。网上文章称，天之水洗浴中心是一个不合格的洗浴中心，里面涉嫌色情服务，建议公安机关立即查处。文章还含蓄地说，天之水洗浴中心有保护伞，据说老板的丈夫就是警界人员。该文后面的跟帖很多，足有300多条吧，胡世民点开看了一下，说什么的都有，有骂警察腐败的，有骂洗浴中心老板黑心的，还有言语更激烈的，说就该把洗浴中心老板拉出去枪毙了……不一而足。胡世民当下呆了呆，心想，这是哪路神仙和自己过不去，给自己下的蛆呢？胡世民不及多想，就给妻子打了一个电话。李艳梅昨晚在洗浴中心和几个朋友打了一夜牌，现在还在梦里。接到胡世民的电话，不耐烦地问道："谁呀？"胡世民没好气地报了家门，在电话里说了情况，并让李艳梅赶快先把洗浴中心的小姐清理掉，避一避风头。

"我这是合法经营，有南山市工商局发的营业执照，网上爱怎么说说去，我才不清理小姐呢，有本事让他们来查！"没想到李艳梅不听他的，还满不在乎地说。

胡世民当下就有些发怒，狠狠地说："你给我听着，赶快去把小姐清理了，别把事情给我惹大？"

"能大到哪里去？大不了把它查封了。"

"你总得替我考虑一下吧？网络上的矛头已隐隐约约地指向我了。"

"你就是怕丢了你那个芝麻官吧？放心，老公，丢不了的。局长不是你战友吗？他怎么好意思免了你的官呢。"

胡世民劝说了一阵子，见不能奏效。他干脆哀求起了老婆，但李艳梅是一个油盐不进的主儿，自己认准的事情，任谁也说不进去。

胡世民无奈，气得和李艳梅在电话里吵了起来。

整整一下午，胡世民的心里都是乱乱的，他本想回家去找李艳梅理论一番，但他知道没用！他又动起了网络的心思，当务之急，是找人把这篇文章从网络上撤下来。找谁呢？自己在这一行当又不认识人，想来想去，他又想到了王力。王力在派出所当教导员，负责所里对外宣传工作，应该和媒体的人熟悉。于是，胡世民让王力到他的办公室来一趟，说了自己的想法。王力见政委求到自己头上，也不管办得了办不了，先满口答应下来。

王力找谁呢？他想到了兰波。他和兰波因为所里的宣传工作，打过几次交道，算是熟人。王力想，兰波是媒体上的人，应该和网站上的人熟悉。他打通了兰波的手机，说了请她帮忙的意思。兰波一听是这事，捂着嘴笑了，心里暗想道：胡世民真会找人，竟然托人找到了自己的头上，"让我删除我的稿件，想得美！我就要让你们这些臭事大白于天下。"她不假思索，一口就回绝了。

但王力不屈不挠，又把电话打过来了。兰波想了想，答应了。她给网站的朋友去了一个电话，让把她的文章暂时撤下来，待过上四五个小时后再发上去。这样，既应付住了王力，不至于得罪他，又可以让自己的稿件重回网上。果然，胡世民和王力见帖子删掉了，异常高兴，但他们刚高兴了不到几个小时，上网一查，怎么帖子又上去了？

"我的大记者，帖子咋又上去了？"王力赶快给兰波去电话。

"我怎么知道，大概是别人又发上去了吧？"兰波在电话中无辜地说。

"还能删吗？"

"我和网站的人沟通了，不好删，发帖人盯着呢？"

胡世民和王力干着急，没办法。

见胡世民心情不佳，为了安慰他，下班后，王力主动提出请胡世民吃饭，胡世民同意了。俩人出分局大院后，找了一家日本料理店，点了几个菜，要了几瓶清酒，就有一搭没一搭地吃了起来。不想，胡世民因为情绪不好，一杯接一杯的，竟然喝醉了。王力要送他回家，胡世民不愿意。王力无奈，只好就近找了一家足浴店，想让胡世民躺一躺，按摩一下，醒醒酒。没想到，这一醒，就醒到了第二天。

11

刘建此时的情形真如热锅上的蚂蚁，尽管已是晚上9点多，深秋的夜里已有点凉，但他都全然不顾。刘建清瘦的脑袋如一个拨浪鼓，或者一盏探照灯，只管来回左右的乱看。脸上是一副焦急之色。是呀，刘建不能不急，打从民警的抓捕行动再一次失败起，他的心就急了，心就乱了。他几乎一夜没合眼，脑中一满是女儿活泼可爱的形象。绑匪在短信中说的明白，不许报警，也不许对别人说，拿5万元钱，到距离南山市十多公里外的东方电影院门前来换他女儿。如再敢报警和糊弄他们，对不起，等着到渭河滩上收尸吧。一想到绑匪恶狠狠的话语，一想到4岁的女儿备受折磨的样子，刘建心痛得就似要淌出血来。

提了提手中的蓝布包，沉甸甸的，有些压手。那里面装着用报纸包过，用胶带纸捆扎好的5万元钱。刘建问站在一旁的小姨子李静："他们咋还不来？"

"谁知道！"李静漫不经心地答道。而他的妻子则是急得一个劲地抽泣，不断地用手抹眼泪。

"是刘老板吗？"

刘建正在胡思乱想，忽然听到一个嘶哑嗓子的人向他发问。他一个激灵，定眼一瞧，一辆摩托车已停在了他们的面前。问他话的，正是骑在摩托车上的小伙子。

刘建下意识地点点头，正想问对方是谁。不想，那小伙子又抢先说话了。

"东西拿来了吗？"

刘建把手上的包向上举了举。说时迟，那时快，还没等刘建愣过神来，只见那小伙子一侧身，说了声"拿来吧！"便猛地从他的手中夺过蓝布包，一脚油门，便绝尘而去。惊得刘建张大了嘴巴，半天合不拢。

刘建呆若木鸡，欲哭无泪。只能瑟瑟地站在东方电影院门前，一任秋日的风尽情地吹在他身上，一任稀稀拉拉的行人从他的身边走过。刘建此时的感觉是：天塌下来了。

何远是当天晚上9点半左右接到刘建的电话后，才知道他们私下和绑匪见面的。听完刘建的哭诉，何远在心里直骂他糊涂，不该私自和绑匪接触，从而丧失了破案的最佳时机。现在是，钱也没了，孩子也没有被解救回来，犯罪嫌疑人也没有抓住，案情反而变得愈来愈复杂了。

何远和王建军一直等到晚上 11 点钟，才把刘建他们等到。一进派出所的门，刘建就失声痛哭起来，他的爱人也在一旁直抹眼泪。何远赶紧把他们让进办公室，给他们倒上水，劝了几次，好不容易才把他们劝住。待刘建夫妇的情绪稍微平复，何远才和他们交谈起来。一旁的王建军在记录。

何远："你们昨晚又收到犯罪嫌疑人的信息啦？"

刘建："是。"

何远："什么时间？"

刘建："大约 12 点左右吧。"

何远："当时你们都在场吗？"

刘建："就我和我媳妇在。我小姨子已经回她那里去了。"

何远："咋不告知我们？"

刘建："当时时间太晚了？"

何远："那么第二天呢？"

刘建："两次都没有抓住绑匪，我们心里很急，怕女儿有个三长两短的，因此想私下和绑匪见见面，花点钱，把孩子救出来算了，就没有告诉你们。"

何远："这是你的主意？"

刘建迟疑了一下说："是我小姨子的。"

"你小姨子呢？"何远问，"她咋没和你们一块儿来？"

"她在东方电影院门前接了个电话，说她有点事，让我们先走，我们就先过来了。"

何远沉思了一会儿，问道："你小姨子在南山市有熟人吗？"

"我不大清楚。"刘建说着，把目光转向自己的妻子李敏，"哎，李静在南山市有熟人吗？"

李敏说："好像没有吧，没听她说过。"

听到这里，何远的心里猛然一震，顿然间有了一丝不祥的预感。

"那个骑摩托车取钱的小伙子，你还有印象吗？"

"印象不深，好像留着长发，刀条脸，脸很白，说话声音嘶哑。"

"再见到他，还能认出来吗？"

刘建说应该可以吧。

何远请刘建夫妇先回家休息，并叮咛他们，一有情况就告诉他们。刘建点头。

待送走了刘建夫妇，何远回到办公室，对王建军说："你能感觉到吗？这里面好像有啥地方不对劲？"

"你是说刘建的小姨子吗？"

"是呀！我总觉得这起绑架案似乎和她有关系。"

"证据呢？"

"两次抓捕行动，李静都在场，而犯罪嫌疑人都未现身。她出主意，让刘建和犯罪嫌疑人私下会面，我们不到场，犯罪嫌疑人就现身了。我们的行踪，绑匪好像掌握的很清楚。还有，据刘建夫妇讲，李静好像在南山市并无亲朋，但绑匪刚把钱骗走，她就借口会朋友走掉了。另外，你还记得犯罪嫌疑人写给刘建的那三封信吗，其中一封信中落款时间有一个阿拉伯数字7，是用眉笔描上去的。"

"你分析的好像有些道理，关键是李静绑架她侄女的理由呢？"

"这个也正是我疑惑的地方。"何远说，"不管怎么说，赶快组织人员，查一下李静。还有，那个取钱的小伙子，如能查找到，最好也查找一下。"

"好！我尽快安排。"王建军说。

但王建军他们还是来晚了一步。第二天上午，当王建军按照何远的安排，带人赶到李静的出租房时，李静已经没有了踪影。王建军他们敲了半天的门，见屋内无人回应，以为李静去她姐那里了，于是，赶快给刘建打电话，刘建说，人没有过来，他们也正在找李静。闻听此言，王建军心里一沉，暗想道：这妖精有可能跑了。他让刘建夫妇赶快过来，进行询问。刘建夫妇说，自从昨晚分手后，李静电话就打不通了，起初，他们也没有在意，以为手机没电了，但到了当晚12点半左右，他们去李静的出租房，李静还是没有回来。今天早上，他们给李静打电话，手机依然是无法接通，他们心里也正着急，这人到底跑到哪里去了呢？

王建军让人找来房东，问有这套房的备用钥匙吗，回答说没有，都交给房客了。王建军果断地命令身边的民警："撬门！"

门很快撬开了，屋内无人。屋内的东西倒是摆放的井井有条，可见这李静是一个仔细人。王建军带领民警对房内进行了细致的搜查。这是一套一室一厅一卫的单元房，客厅里除了沙发、茶几、电视柜和电视机外，就是摆放在进门口的两双鞋，除此，别无长物。卫生间里，倒是有一些乱七八糟的化妆品，但没有任何价值。在搜查到卧室里时，王建军的眼前突然一亮，他在床头柜上发现了一瓶胶水，一把剪刀，一本杂志和一支眉笔。他随手打开杂志，一些书页碎片，如树叶，轻轻地散落到地上。他捡起一看，都是剪刀剪碎的，联想到刘建收到的那三封没有邮戳的敲诈信，他的心里一紧。他赶紧让所有的人退出房间，然后打电话给何远，报告了对李静房间搜查的情况，让何远通知分局刑侦大队派技侦人员来进行勘查。王建军最后对何远说："从目前我们掌握的情况来看，李静有重大的作案嫌疑，建议分局迅速部署警力，抓捕李静。"

听说有可能是李静绑架了自己的女儿，李敏嚎啕大哭，边哭边喊道："天哪，这到底是咋回事？"刘建也是一脸的沮丧。

王建军劝刘建夫妇先回家，但他们说啥也不走。王建军只好听任他们留在这里。分局刑侦大队的技侦人员10多分钟后就赶到了仙台村。他们在听取了王建军的情况介绍后，详细地对李静的租住地进行了勘查，把胶水、杂志、眉笔等嫌疑物品，分别装进塑料袋内，并从李静的常用口杯上，对李静的指纹进行了提取，然后离开。王建军临走时，对刘建夫妇说："假如你们有了李静的消息，一定要第一时间告诉我们，我们得迅速抓住她，因为孩子还在她手里。"

一提孩子，李敏又嘤嘤地哭了，李静跑了，女儿至今生死不明，她不知道接下来的日子该怎么过！

杜平这几天牙疼病又犯了，痛得他"嘶嘶——"直吸气，就连左半个腮帮子也肿了起来，他一连挂了三天吊瓶，才好不容易把肿消了下去，但牙根还是有些隐隐的痛，尤其是吃饭咬东西时，冷不丁的，仿佛触动了那根痛神经似的，痛得他头发都要竖起来。母亲说他这牙是火牙，一急就上火，一上火就痛，也许真是这样。杜平从小性子就急，过去一遇到烦心事，牙一痛，母亲就会用一个小偏方，给他治疗。那小偏方说起来也很简单，就是用晒干的绒线花，加入冰糖，以及焙干的鳝鱼血，用砂锅煎汤，放凉了饮用，一日三次，连饮三天，牙痛病保证会好。但自从两年前母亲谢世后，他就再没有喝过绒线花水，一是他不知道哪里能弄到枯干的绒线花，二来就是这些东西备齐了，他也懒的弄，他没有那个闲工夫。还是有个母亲好啊！从市局一出来，在坐车返回分局的路上，杜平一边心中有些戚然地想着母亲，一边感叹着。

　　也怪不得杜平感叹，也怪不得杜平上火，在刚刚结束的全市刑侦工作会议上，杜平受到了不点名批评。市局分管刑侦工作的副局长，尽管没有提及杜平的名字，也没有提及城南分局，但他语气严厉地说，有的分局数月间，连发两起命案，却至今一起未破，还谈什么命案必破？一瞬间，参加会议的各分局局长，齐刷刷地都把目光集中到杜平的身上，他那时真恨不得有个地缝钻进去。也怨不得别人批评，放眼全市的十几个分局，还没有哪一个分局辖区短短两个月，连发两起命案，而未破一起的。还得怪自己领导无方，自己的手下破案不力，看来，必须给分局刑侦大队和案发地派出所再拧拧螺丝，加加码。令杜平想不通的是，"9•3"案件破不了还好说，"7•27"杀人案看起来似乎特别容易破，但就是没有一丝一毫的线索，这让他这个曾经的老刑警，也是一头的雾水。他不得不把这起杀人案，在脑子中又细细地回放了一遍。

　　说起来，"7•27"案浮出水面，还是一个意外。

　　今年南山市的天气有些反常，整个春天，全市只零零星星地落过两场小雨。那雨小的落到人的身上，几乎没有感觉。有市民开玩笑说，什么春雨，简直是知了尿。但到了夏天，雨水却多的有些邪乎，三天两头地落雨，而且一下还是大暴雨。白花花的雨点，打在人的脸上，还隐隐地有些疼痛。就又有市民说，老天爷是发神经病呢。不管老天爷是不是发神经病，反正一落雨，天气是凉爽了许多。往年炎炎夏日，热得人袒胸露背的情形，今年是很少见了。

7月27日清晨，南山市又下了一场暴雨，暴雨一下一个多小时，大街小巷，积水成渠。有的老街巷，由于排水不畅，还出现了雨水过膝的局面。大约8: 30左右，雨停了，雨水很快退去，交通又恢复了畅通，街衢上又热闹了起来。市民们也说笑着，走出家门，该干嘛干嘛去。但卧龙巷的居民，就没有这么幸运了，尽管大雨已停了半个多小时，街道上的积水依然没有退去，居民们依然被困在家里。大家有些奇怪，莫非排水管道出了问题，被什么东西给堵住了？大伙儿在心里嘀咕着，就有热心人，脱掉鞋子，赤了脚，挽了裤腿，下到水里，寻找下水井盖。究竟是卧龙巷的老居民，常在这条巷子里出入，对巷子里的情况熟悉，也就一根烟的功夫，下水井盖就被他们找到了。几个街坊撬的撬，抠的抠，七手八脚的，把井盖给打开了。井盖虽然打开了，但水流还是不畅，很显然，有物件堵住了下水管道。有人下手一摸，"啊——"的一声，惊叫起来，脸色都吓成了一张白纸。旁边的人忙问怎么了，这人结结巴巴地说："人，人……，井里好像有个死人！"众街坊一听，吓了一跳，连忙掏出手机，给卧龙巷派出所打电话报警。十分钟后，民警开着警车，拉着警笛，闪着警灯，赶到了卧龙巷。一看警察来了，众人很自然地让开一条道，并向警察述说了情况。两个警察，挽了袖子，将手伸进井中，下手一拉，果然湿淋淋地拉上来了一个女人，下水管道刹那间也畅通起来，水迅速流向井口，形成了一个好看的小漩涡。也就十多分钟的光景，卧龙巷的积水被排尽了。

被民警拉上来的女人，已经死了。出警民警一看辖区内发生了命案，一点也不敢怠慢，赶快打电话给派出所所长，所长一边把案情上报分局，一边迅速赶到案发现场。杜平那天也来了，辖区内发生了命案，作为分局的一把手，他义不容辞，应该到现场。杜平听取了案情初步汇报，指示分局刑侦大队和卧龙巷派出所联手破案。但案子却并不那么好破，专案组民警忙活了一个多月，又是走访，又是摸排，却没有一丝头绪。法医鉴定，也仅仅能认定死者在三十一二岁左右，身高一米六五，圆脸，唇上涂有口红，系被人强奸后掐死，移尸下水井中。至于死者是什么地方人，因何被害，凶手是谁，却无人能说得清楚。专案民警花钱在南山市的各大媒体上打了寻尸启事，也毫无作用。卧龙巷的居民也说不认识被害女人，警方一下子没有了目标，连一个可怀疑的人都没有。杜平想，如果是居住在卧龙巷的人作案，那案子做得也太他妈的漂亮了。因为，案发时节正是夏天，巷内乘凉的人多，人们休息时，一般已经很晚了，多在后半夜一两点中。早上又有扫街道的清洁工和晨练者，一句话，案犯作案的时间跨度不会太大，也就三个小时的样子。依他多年的办案经验，外来人员作案的可能性又不大，原因嘛？很简单，如果不是对卧龙巷情况特别熟悉的人，谁又能知道这里的下水井盖可以打开呢？但如果真如他猜想的那样，犯罪嫌疑人至今却没有露出丝毫的蛛丝马迹，案犯的定力也太好了。这也正是让杜平疑惑的地方。

杜平觉得自己这一段时日，简直走的是背字运。常言说，人背不能怪社会。但不怪这个纷乱的社会，又怪谁呢？难道要怪他吗？

12

人常说："火到猪头烂。"意思是说，只要功夫下到了，没有办不成的事情。此话一点儿不假，经过四五天的摸排，王建军带人在东方电影院附近，终于寻找到了帮助李静取钱的人。说起来也是一个意外，那天半下午时分，王建军他们正在人流车流中转悠，刘建不争气的肚子，突然疼了起来，开始是隐隐的，他想，忍一忍，也许就过去了。但过了没有 5 分钟，他的肚子却一阵痛过一阵，刘建见实在忍不住了，有些难为情地踅摸到王建军面前，嗫嚅了半天才说："王警长，我想去上个厕所！"

王建军说："快去快回！"也难怪，民警们都不认识那个取钱的小伙子呀，万一刘建在上厕所的时候，嫌疑人突然出现了，岂不是失之交臂？

得到首肯，刘建一溜小跑地去了附近的公厕。但功夫不大，就见刘建提着裤子，急急忙忙地跑了出来。王建军有些奇怪，怎么这么快就上完了？还没有等他问出口，就听刘建结结巴巴地说："快，快……白脸小伙子……"

王建军立即明白了，他拉了刘建三步并作两步，奔向了厕所，其余民警也迅速跟了过去。

原来，刘建到厕所后，刚褪下裤子，准备大解，冷不丁地看到蹲在他旁边的那个人有些眼熟，他再偷眼一看，心中吃了一惊，是他，是几天前取钱的那个小伙子，刀条脸，很白，长发。那小伙子丝毫也没有注意蹲在他旁边的人，一边一心一意地大解，一边悠闲地抽着香烟，一边还低头玩弄着手机。刘建便意顿无，他一提裤子，急忙奔出了厕所。蹲在一旁的白脸小伙子，心里还在犯嘀咕：这人简直是个神经病！

等到王建军他们赶到厕所里时，白脸小伙子还没有大解完。看到呼啦啦地来了一群人，他吓了一跳。还没有等他愣过神来，他已被几个人按住。

王建军对刘建说："你再仔细看看，是不是他？"

刘建又看了看说："没错，就是他！"

"我们是南山市公安局城南分局朝阳路派出所的民警，赶快收拾一下，跟我们走一趟。我们有事要问你！"王建军低声说。

白脸小伙子边提裤子，边质问王建军："我犯什么事了，你们抓我？"

"少啰唆，你自己做的事情，你还不知道？"王建军呵斥道，并推开周围看热闹的人，"都让开，看什么看，没见过抓人？"

白脸小伙子就这样，被带回了朝阳路派出所。

讯问是在下午5点钟开始的，就在王建军的办公室。王建军主问，赵跃进记录，另外还有一名辅警，在看管着嫌疑人。刘建也在场。为防止意外，嫌疑人已被戴上了手铐。

"叫什么名字？"

"刘七根。"

"哪里人？"

"甘肃定西人。"

"年龄？"

"28岁。"

"职业？"

"农民。"

"到南山市干什么来了？"

"打工。开摩的。"

"还有同乡吗？"

"有。"

"都在哪里住着？"

"北郊堡子村。"

"知道我们为啥抓你吗？"

摇头。

"你认识他吗？"王建军指着刘建问道。

还是摇头。

"先别忙着摇头，你再睁大眼睛，仔细瞅瞅。"

白脸小伙子还是摇头。

"好好想想 5 天前的那天傍晚，你在东方电影院门前干了啥？"王建军提醒道。

一听王建军的话，白脸小伙子看了一下刘建，猛地一下子反应过来了，这不就是那天傍晚帮人从他手里取货的那个人吗？他怎么和警察在一起，到底发生了什么事？刘七根有些发懵。

按照王建军的讯问要求，刘七根把 5 天前那天傍晚发生在电影院门前的事情，原原本本向民警们做了复述。

据刘七根讲，此前他并不认识李静。事发那天上午，他正和同乡在东方电影院周围的路边揽生意，忽然来了一个时髦女郎。那女郎把他拉到一边，声称要和他做一单生意。他忙问是什么生意？如何做？那女郎一笑，说："很简单，你今晚 9 点左右在东方电影院门前帮我取件东西，取完之后交给我，就算完事。至于报酬嘛？那女郎说，你是下苦人，我不会亏待你，给你一千块，怎么样？"

一听有这样的好事，又是这样漂亮的女郎求到自己头上，刘七根当下就答应了。那女郎说："我先付给你300元定金，事成之后，再付给你余下的钱。对了，我们把电话也互留一下。"

"我从哪里取东西呢？"刘七根问。

"性子急得还不行？从一个30多岁的男人手里取，那人和我站在一起，手里拿着一个蓝布包，你把包拿走就行。记住，不要多说话，还要假装着不认识我。事后我会和你联系的。"女郎说。

说好事情，临分别时，刘七根还开玩笑说："啥贵重东西，值得你花费这么大本钱，你就不怕我拿了东西跑掉？"

"你最好不要有这种念头，你跑到天边，我也能找到你，除非你整容了，或者从这个地球上消失了。"女郎威胁道。接着，她又补充说，"其实，告诉你也没关系，就几万块钱。我是便衣警察，正在办一件毒品案，需要你配合着演一出戏，给躲在暗处的犯罪嫌疑人看。"

一听是警察，又牵涉毒品案，刘七根吓得一吐舌头，不敢再问了。他要把钱退给女郎，女郎说不必，这是你应该得到的报酬。她告诫刘七根，不要把此事再说给别人，以免走漏风声。刘七根连声答应。"后来，事情按计划办完了，那女郎找到我，我把蓝布包交给了她，她又给了我700元钱。事情就是这样。"刘七根说。

"就这样简单吗？你可真会编故事，故事都编到我们头上来了！"王建军挖苦说。也难怪他不相信，李静竟然冒充警察作案，这事儿听着都有些邪乎。

　　但刘七根诅咒发誓，说事情就是这样的，不信的话，可以问他们老乡。

　　王建军反复审视了一下犯罪嫌疑人，看着还比较老实，不像说假话的人。为了慎重起见，他请示了一下何远，又带着刘七根，返回堡子村，寻找刘七根开摩的的老乡求证。事情很快水落石出，老乡证实，刘七根说的全都是实话。王建军给刘七根留下自己和所里的电话，并叮嘱他，如果有李静的消息，赶快和他联系。随后，就把刘七根给放掉了。尽管又是空忙活一场，但还是有所收获，最少证实了李静就是绑架孩子的犯罪嫌疑人。下一步，只要全力以赴，抓住李静，解救出孩子，这起绑架案也就算告破了。眼下最重要的事情是，如何才能寻找到李静，而从李静的所作所为来看，这是一个很狡猾的女人。另外，让王建军想不明白的是，刘建的女儿是李静的表侄女，李静为何要下此狠手，进行绑架呢？她的动机是什么？又有什么目的呢？在返回派出所的路上，王建军苦苦地思索，而夜色已如水，慢慢地覆没了整个南山市。望着车窗外灯火闪亮的南山市，一阵困意不觉间袭来，王建军竟然睡着了。

　　老黏这一段时间比较安生，自从前不久那次喝过药后，市信访局给他救助了 20 万元钱，让他先给儿子大毛看病，他就再没有四处上访。人活脸，树活皮。这点道理，他还是懂的。眼下的老黏，正提了一罐煲鸡汤，前往东郊的皇都医院，去探望在那里住院做透析的儿子大毛。阳光很好，老黏的心情也不错，坐在前往医院的公交车上，望着车窗外的风景，老黏心里盘算着，用政府给救助的这笔钱，只要给儿子把病治好了，他和儿子炒瓜子，卖瓜子，不用几年，就能攒下一笔钱，到时候，再给儿子娶一房媳妇，一家人和和美美地过日子，他此生的心愿也就算了了。如果儿媳妇能给他们老两口生一个小孙子，不管是男是女，他就再幸福不过了。若真是那样，他将一定备上三牲礼，前往城东的八仙庵，叩谢神灵的保佑。老黏是老派人物，他信这个。

说起来，老黏这一辈子也不容易，他虽是贺家村的土著，算是城里人，可他并没有享过多少福。相反，在他的记忆里，倒更多的是一些苦难。老黏的父母亲都是地道的贺家村人。贺家村现在虽然很繁华，但往前追溯二三十年，还是一个郊区农村，四周还是一片广阔的菜地。这里唯一和农村不一样的是，农村的土地种庄稼，而这里的土地种蔬菜。这些蔬菜，全部卖给了眼皮底下的南山市。而老黏的父母亲，也便被城里人称作了菜农。老黏的父母亲种了一辈子菜，卖了一辈子菜，连一个城里居民户口都没有混下，就死去了。留给老黏的，除了几间破房子，就是一辆拉粪车。好在老黏父母亲死去后，世道就悄然地变了，城市扩张，贺家村的菜地被一点点蚕食，最终全部消失。全民都做起了生意，挣钱。没有了菜地，老黏再不用起早贪黑地去城里的机关单位拉粪，也不用再去守夜看护蔬菜，为了生计，他也开始学做生意。他向一位河南人学会了炒货手艺，炒瓜子花生售卖。你甭说，这一行还真来钱，不到十年的功夫，老黏已小有积蓄，不但翻修了房子，还在家门口开了一个炒货铺，日子越过越红火。老黏的噩梦来自七八年前，自从那天夜里，儿子大毛和麻六打架，被打坏了肾脏，他家日子就全部乱套了。老黏觉得，他的日子乱得就像一团棉线头，怎么整理也整理不到一块儿。一段时日里，他甚至都有了厌世的念头。但老黏最终逐渐接受了这一残酷的现实，他想，天塌下来了还有高个子顶着，没有过不去的独木桥，日子还得往前过。就这样，老粘磕磕绊绊地走到了今天。尽管儿子的病还没有治好，但老黏已慢慢地恢复了对生活的信心。他现在已不像当初那样恨死麻六了，他觉得一切都是命，是躲不过的劫难。

胡思乱想着，公交车已到站。老黏下了车，进了医院，向住院部走去。当老黏提着罐子，准备走过门诊大楼的时候，他忽然看见了一个熟悉的身影。他以为自己看错了，揉了揉眼，再仔细一看，没错，是朝阳路派出所的何远所长。老黏在心里嘀咕着："他来这里干啥呢？莫非也是有病来看病吗？或者是探望病人？"他正准备上前打个招呼，就见何远身子一闪，走进了东边的楼道。他没好意思再跟过去，只能满腹狐疑地向住院部走去。

13

老黏没有看错，他在皇都医院里看到的人就是何远。为了迅速侦破两起案件，何远已四天没有回家了。他只是每天坚持给家里打一个电话，有时给妻子，有时给儿子。给妻子打电话时，他永远怀着歉意，"今天又不能回家了！单位工作忙，你知道的，多担待。"而妻子王春红每每接到他这样的电话，都是静静地听他陈述完，沉默一会儿，说："知道了！你照顾好自己。"然后把电话挂掉。每次听到电话中的忙音，何远都有一些淡淡的哀伤，也有一些自责。他觉得，在这个世界上，这一辈子他最亏待的人就数妻子了。他知道妻子不高兴，也知道妻子不满，但他又无奈，谁让自己干了警察这个行当呢。有时打完电话后，他甚至想，如果妻子能骂他一顿就好了，但这样的事情却从来也没有发生过。他不知道如何才能报答妻子对自己工作的支持，只能趁节假日休息时，在家中拼命地干活，拼命地陪妻子说话，但这样的机会也并不多。而给儿子小龙打电话时，他也没有多少话，无非嘱咐小龙听妈妈话，好好学习。对于儿子追问他什么时候回家，他也只能苦笑着安慰儿子说："一会儿忙完工作就回来！"而这个"一会儿"，常常就是三四天，有时甚至是一个星期。久而久之，母子俩已习惯了，除非他给他们打电话，他们从来不主动给他打电话。母子俩知道，打也白打。也是因为这两天忙迷糊了，本该例行给妻子打的电话，昨天晚上，他却忘记了。等他记起这件事时，已是晚上12点多了，妻子劳累了一天，应该早休息了。怕吵醒妻子，他便没有再打。第二天早晨一上班，所里点完名，安排好当天的工作后，何远这才给王春红打电话。电话打过去了，却关机。儿子上课，手机自然也关着。他有些奇怪，是妻子生他气了呢？还是忘了开机？何远弄不清楚，他急忙又把电话打到了妻子工作的幼儿园，接电话的小李阿姨说，王老师今天没有来上班，她请假了。何远问为啥请假，小李很客气地说，她也不清楚，隐隐约约听园长说，好像是病了，身体不舒服。何远听了，觉得不大对劲，他给教导员王力招呼了一声，就急急忙忙开车，向家里奔去。路上，他抽空又连续给妻子拨了三次电话，但都是关机。瞬间，何远有一点隐隐的不安。

何远心急如焚地赶到家，家中收拾得整整齐齐，却空无一人。妻子王春红不在家，不知道上哪儿去了。联想到小李说妻子可能病了，他更加的着急了。何远不抱任何希望地又给妻子打了一个电话，没想到，电话居然接通了。等待了大约一分钟，手机中才传来妻子有气无力的声音，何远焦急地问："你怎么了？你现在在哪里？"

"我在皇都医院。我没事，就是有点胃痛，浑身无力。

你忙你的，不用担心！"

"等着我，我马上过来！"

"不用，我看完病就回家。"

"听话，等着我，我这就开车赶过来！"不等妻子再说话，何远便挂断了电话。他锁好门，发动着车子，一路呼啸着向皇都医院奔去，不到半个小时，已经到了医院门口。何远进了医院后，先在门诊窗口那里看了看，没有发现妻子。他想，妻子这时肯定已经挂了号，到内科门诊部排队看病去了，他便穿过楼道，向楼东内科门诊病区走去。大概老黏看到他，就在这个时候吧。

何远来到内科门诊部，妻子果然在那里。她正坐在楼道的长条椅上，等待叫号。看上去，妻子有些憔悴，脸色也不太好，发黄。见到何远，王春红站起来，有些嗔怪地说道："不让你来，你怎么不听话，还是来了。"

何远边把手伸到妻子的额头，边埋怨道："病成这样子了，也不知道给我打个电话？"妻子额头确实有些发烫。

"你工作那么忙……"还未等王春红把话说完，便听到医生喊王春红的名字，何远赶紧替妻子提了包，送她进了内科门诊室。过了大约 15 分钟的样子，王春红拿着病例及门诊处方出来了，何远忙迎上去，关切地问："怎样？"

"没有啥大问题，劳累，又加上老胃病。医生说休息两天就会好的。"王春红轻描淡写地说。

一听说妻子的病无大碍，何远紧绷的心顿时放下了。

何远再没有多问，陪妻子去药房取了药，便开车往回返。在车上，他没有注意到，趁他开车转弯的当口，妻子把一张化验单撕碎，团做一团，偷偷扔到了路基下。

"欢迎光临本店！我们店里有韩式按摩、泰式按摩、中式按摩，还可以洗头，小妹盘子靓，手法好，请问大哥想做什么项目？"半下午时分，夜来香老板桂姐正百无聊赖地修剪着指甲，就见一个瘦高个子的男人一推玻璃门，闪了进来，她忙起身相迎。在笑脸相迎之余，她还不忘提醒店里的小妹，"快给大哥倒茶！大哥，您请坐！"

客人坐下了，小芳不失时机地把刚沏好的茶，放到客人面前的茶几上。男子端起茶，吹了一下，细啜了一小口，仿佛怕烫似的，又放到了茶几上。"就给我来一个泰式按摩吧！对了，你们这里还有特殊一点的吗？"那男子说，好像怕桂姐听不明白似的，又补充道："你明白的，就是……"桂姐连忙说：有，有，有。

"有相熟的小妹吗？"

男子摇头。

桂姐说："那我替大哥选一位，又温柔又漂亮的，还解风情，手法又好。"桂姐一推小芳，"你看这位咋样？"

"行行行！"那男子一看是貌美如花的小芳，一迭声地说行。其实，打一进门开始，他已把店里的众小妹，偷偷地打量了一遍，他还真就瞅上了小芳。

小芳刚把那男子领进小包间，男子就急不可耐地一把抱住了小芳，并在她脸上乱啃起来。小芳一边假装生气道："讨厌，别这么急嘛！"一边也把自己的身体往男子的身上蹭。小芳蹭着蹭着，动作忽然慢了下来，她惊奇地发现，那男子的左脸上有一颗痣。他猛地想起了狗蛋哥的话，莫非这个人就是警察四处寻找，要抓捕的嫌犯？那可是一个杀人犯呀！见小芳的动作慢下来了，男子似乎觉察出了什么，问道："你咋了？不愿意？"

　　小芳忙妩媚地一笑，假嗔道："你想哪里去了？等我一下，我忘记带东西了。"说着，在男子的脸上亲了一口。

　　男子这才高兴起来，在小芳的屁股上拧了一把，说："快去快回。小妖精！"

　　小芳假装夸张地尖叫了一声，趁机奔出了小包间。

　　小芳把她的发现，悄悄地对桂姐说了。桂姐吃了一惊，她一时也没有了主意，忙问小芳咋办。小芳说，得赶快给狗蛋打个电话，让狗蛋和朝阳路派出所民警通通气，通知警察来认一认。桂姐说，就照你说的办。小芳就走到店外，偷偷给狗蛋打了一个电话，并说了她的发现。然后，急忙回到店里。男子已有些生气，说："咋磨磨唧唧的，走了这么长时间？"

　　"东西用完了，向老板要东西去了。"小芳说着，扬了扬手中的安全套。男子这才有了笑脸，并伸手把小芳拉到了他的身边，小芳也就趁势倒进了男子的怀里。

男子开始一层一层地解开小芳的衣服。小芳也假装很听话的样子，任其解脱。男子的出气明显的变粗，他脱光了小芳的衣服，又三下五除二地脱光自己的衣服，正在尽力撕开安全套的时候，忽然听到外面一阵乱，就听老板桂姐尖声喊道："警察同志，我们这里可是正规生意呀，你们不能进！"

听到桂姐的喊声，男子惶急，急忙抱了衣服，寻找藏身之地。但已经晚了，民警说话间已冲进了小包间，男子和小芳被抓了个正着。

男子、小芳和桂姐因涉嫌卖淫嫖娼被警察带回了朝阳路派出所。在坐警车前往派出所的路上，小芳低着头偷看了一眼，抓他们的是民警王建军、赵跃进和张明等人，狗蛋没有来。小芳有些狐疑：狗蛋人呢？

小芳的疑问很快得到了解答，狗蛋在朝阳路派出所里。一到所里，她就看见了狗蛋。狗蛋下身穿了一条牛仔裤，上身穿了一件大红 T 恤，光堂鲜亮，打扮得像一个瓜女婿似的站在那里，见了她，脸绷着，不说也不笑。

民警把男子带进审讯室后，王建军才走出来，握住桂姐的手，客气地说："这次真是谢谢你们了！"之后，把她们送出了派出所。

王建军让狗蛋对被抓回来的男子进行了辨认，狗蛋仔细地看了看，说："没错，就是他！9 月 3 日早晨 8 点，我在清禅寺街见到的那个扔手机的人就是他。"

听说抓获了"9•3"杀人案犯罪嫌疑人，正在分局开会的何远把这一消息告诉了局长杜平。杜平指示，由何远和张雷负责，组织精干警力，立即审讯。按照局长的要求，何远、张雷马上从会场离开，开车奔向朝阳路派出所。

审讯是在晚饭后进行的。何远和张雷也一同参与了对瘦高个儿的审讯。但审讯工作并没有收到预期的效果。

瘦高个儿自称是福建人，叫刘鸣放，今年38岁，在南山市做茶叶生意，他的店铺在鼓楼下，目前暂住在池塘村。他很坦率，承认自己喜欢女色，好这一口。也承认自己和王翠花早就认识，案发那晚是他把王翠花叫出来的，但他坚决否认杀害了王翠花。

"你说你没有杀害王翠花，那好，请你把案发那天夜里的情况给我们复述一遍。你如果能证明你无罪，我们就信你！"何远说。

刘鸣放说："我和我老婆感情不好，这也就是我经常出来寻花问柳的原因。其实，我老婆现在也在南山市，就在我们的租住屋里，还有我8岁的儿子。我们外出做生意的，经常要招呼朋友，尤其是一些重要的客户。这年月，如何招待呢？无非是吃饭、唱歌、洗浴、打牌。我和王翠花就是两年前在一次唱歌时认识的，我们认识时，她还不在锦瑟夜总会坐台，而是在开发区一家名叫云中的夜总会坐台。我那天和几个老乡吃完饭后，因为喝了不少酒，突然想去唱歌。心想着，吼一吼，也许会把酒吼出来的，这样，就去了云中夜总会。到了云中以后，我们要了一个包间，又点了两打啤酒和一些小吃，就开唱了。这时，领班走过来，问我们还要不要陪侍小姐，我就说那你给我们一人找一个吧。我们也不挑了，就麻烦你替我们挑吧，但有一个原则，要长得靓的。领班出去了，不一会儿领来了四位小姐，每人跟前坐了一位。你甭说，云中的小姐还真漂亮。安排陪侍我的名叫王翠花，我一下子就看上了。一晚上歌唱下来，我们已经熟络的好像是已认识多年的老朋友了。当晚，我和她约好，等她下班后，就将她带到了一家宾馆，开房和她发生了关系。直到第二天，我才打车把她送回了她的租住地。分手时，我们互留了电话。从此以后，我们就来往上了，只要一有空，我就约她出来聚会。她也很愿意和我在一起，我们仿佛成了情人一样。出事那天晚上，我确实约了她，房子也是我提前开的，用的是一个假身份证。我让她在锦瑟夜总会下班后，直接打车赶过来。她赶过来了。我们那晚也发生了关系。但大约次日凌晨三四点的时候，我老婆不断打电话，问我在哪里？我谎称和朋友打牌，说一会儿就回来了。但我老婆不依不饶，又说孩子病了，再不回来，她就打车来找我。我没有办法，只得安慰王翠花，叫她先一个人睡觉，我答应第二天一早就来陪她。好说歹说，王翠花才放我走了。没想到，第二天早晨7点多，我到君再来宾馆后，开门一看，发现王翠花已经死在了床上。我吓坏了，连忙提了自己的包，逃出了酒店。"

"你开房用的化名张凯的假身份证是哪里来的？说！"何远声色俱厉地问。

"我花钱在小摊上制作的。"

"为啥要做这个？"

"一是为了掩人耳目，二是怕我老婆到酒店寻找我。我使用了假身份证，她到前台就查不到了。"

"就这些吗？"

"就这些。"

"再想想，你还有什么没有交代？"何远瞪着一双眼睛说，"那我问你，死者的手机哪里去了？"

"我忘记说了，王翠花的手机我拿走了。上面有我和她的通话记录，我怕警察拿到它，顺藤摸瓜找到我，说我杀了人。"刘鸣放低下头，小声说。"我把手机拿走，扔进路边的一个垃圾箱里了。那是一款玫瑰红色的三星牌手机。"

"你是做生意的，也算一个有钱人，那我问你，你为啥要选择君再来这样的小旅馆入住呢？"

"这样的小旅馆对证件要求不太严，也不容易引起外人的注意。"

何远讽刺道："你想的倒还挺周到啊！"

刘鸣放低头不语。

"你认识死者的表姐吗？"张雷突然问道。

"你问的是刘红吗？认识，我们时常在一块儿吃饭。

出事前三天，我们还一同去一家火锅店吃过火锅呢。"

见暂时再审不出任何有价值的东西，何远和张雷交换了一下意见，决定对刘鸣放暂且羁押，等下次再审。张雷交代王建军他们，对刘鸣放的精液进行采样，迅速送到技术室进行DNA鉴定，以便和王翠花体内的残留精液作比对。另外，再联系一下王翠花的表姐刘红，问一下她认识不认识刘鸣放，查证一下刘鸣放说的是不是真话。

"从目前我们掌握的情况来看，瘦高个儿的作案嫌疑不能排除。"张雷说，"一切还得等DNA鉴定结果出来后再说。"

"是呀！"何远附和道，"我们就耐心再等几天吧！"

14

和何远的其貌不扬比起来，郑重可谓是相貌堂堂了。他不仅个儿高挑，眼大眉浓，而且还办事沉稳，干练，加之文才又好，在城南分局执掌政工科是再合适不过了。政工科在分局里负责党务工作，同时还负责内宣和外宣，尤其是外宣，一个分局的形象如何，外宣的作用功不可没。因了外宣，郑重和南山市各大媒体的关系很好，什么南山日报啦，南山晚报啦，南山电视台、广播电台啦，就连眼下流行的各大门户网站，郑重和它们的老总、记者也多有来往。这种良好的关系，来自于多年的人脉积累，更来自于他的品德和为人。一般情况下，媒体的记者很少愿意和警察交朋友的，他们认为，警察说得好听一点都是武人，说得难听一点是粗人，有时还有些不近人情，翻脸不认人。但郑重例外，很多媒体的记者，都和郑重处成了朋友，而且还是很铁的朋友。譬如南山晚报的记者兰波，尽管是一个女流，和郑重的关系就很好。眼下，兰波正在去往城南分局的路上，虽然时令已进入 10 月，但午后的阳光照晒在身上，还是有些热辣辣的。兰波的租住地距城南分局不远，一个在城里，一个在城外，也就两公里的样子。兰波懒得开车，她一路步行，往分局赶。她想，反正有的是时间，步行过去，还可以锻炼一下身体呢。郑重找自己能有什么事呢？不像报道上的事，若真是的话，凭着郑重的心直口快，他早就对兰波说了。兰波有些狐疑地走进了城南分局。不用通报，也不用询问，熟门熟路，兰波敲了一下郑重办公室的门，就径直走了进去。

　　郑重正在接电话，看见兰波，示意她先坐。兰波刚坐定，郑重已三言两语地打完了电话，有些夸张地寒暄道："啊呀！我的大记者，可把你给盼来了。怎么样，最近忙吗？"

　　"整天就这样，习惯了，谈不上忙。"兰波说，"召唤我过来，有何指示？"

　　"哪敢有什么指示？请你救火而已。"郑重边说边把刚沏好的一杯茶，放到兰波面前的茶几上。

"说吧！能为郑大科长效劳，可是我兰某人的莫大荣幸呀。"兰波打着哈哈。

"那我可得替分局和何所长他们谢谢你了！"

"你就再别卖关子了，赶快说吧！"

兰波这次可没有猜对，郑重约她来，不是什么私事，完全是公事，是新闻报道上的事。兰波还不知道，就在昨天晚上12点半，在朝阳路派出所辖区金太阳歌城内，发生了一起打架事件，两拨客人，酒后为争抢一位长得妖冶的陪侍小姐而大打出手。当晚，恰逢民警赵跃进、张明值班，他俩接到分局110指令后，一刻也不敢耽搁，驱车赶到金太阳歌厅处警。进得包间后，两位民警才发现，现场很乱，但见啤酒瓶乱飞，酒水满地乱流，但闻一片叫骂喊打声。赵跃进厉声呵斥，试图让双方停下来。也许是打红眼了，也许打架者根本就没把警察放在眼里，其中一位瘦小的打架者，最为猖狂，竟然一边高声谩骂着"警察来了我也不怕，警察算个鸟！"，一边抢起啤酒瓶，向赵跃进头上砸去。赵跃进猝不及防，当场就被砸了个满头花，酒水和着血水，流了一地。今年已四十出头的张明，平日是个蔫性子，见状也急了，忙打电话，请求支援。教导员王力这天在所里带班，听说处警民警被打了，顿时火冒三丈，立马带了一拨人，赶到金太阳，将打人者扣了回来。也许是王力太激动的原因，也许是打人者不配合的原因吧，总之，在把滋事者往所里带的过程中，王力也没有多想，让民警一律给他们戴上了手铐。但就是这一戴，却戴出了麻烦，其他人还好说，这里面有一个是政协委员。他坚决不干了，到所里后，民警给他开手铐，他是死活不让开。不但大吵大闹，声称他被民警给打了，还扬言民警行为违法，他要去市政协、市公安局控告。所领导好话给他说了一笸篮，又是赔礼，又是道歉，但这厮油盐不进，就是一个死闹。不唯死闹，他还颠倒黑白，指使他人把事情捅到了网络上。郑重说："请你来，就是想让你给我们写篇文章，发到你们报纸上，还原事情真相，以正视听。"

"这人叫什么名字？什么背景？属于哪一路神仙？"兰波有些好奇地问。

"打人闹事者叫张思贤，小名狗娃子，就是本市鼓楼区人。要说这人有什么太大的背景，也谈不上。无非是前几年趁社会活跃时，他开了几家游戏厅，赚了一笔钱，有钱了，他用钱开道，结识了一些官员。这些不自重的官员，拿了人家的好处，自觉或不自觉的，就做了人家的保护伞。当然喽，这里面也有我们个别干警。有了保护伞，加之又弄了一个什么政协委员名头，他也便人五人六的，俨然成了一个人物了，听说平日很嚣张，在社会上干了许多违法乱纪的事情。其实说穿了，这人就是一个大混混，一个社会渣滓。"

一听张思贤这三个字，兰波倒吸了一口凉气，她可是领教过这个死狗赖娃的厉害的。

那是一年前的事情了。去春的一天下午，兰波正在办公室写稿，突然接到了南山市书协主席丁逸梅的电话。丁老问她忙吗，她说不忙。丁老便请她去书协一趟。兰波和丁逸梅是老朋友了，还在她跑文化口时，他们因了工作的关系，常来常往，久之，便成了忘年交。丁老叫她，她不能不去，去了才知道，丁老要反映侵害了他们书协利益的一件事情。

丁老不忙说啥事，先领着兰波在书协西面转了转，这一转，兰波立即看出了问题。市书协在西关，紧临着大街，大门南开。一进书协大院，首先是东西两排相对的二层小楼，再往里，才是办公楼。市书协的办公楼外，是一栋拔地而起的七层大楼，大楼主体已起来，目前还未竣工。令人惊讶的是，西边建楼时，大楼的外墙，几乎贴上了市书协办公楼的窗户，严重影响了办公室的采光。丁老说："看明白了吗？这家在建楼房的主人，就是想把我们逼走，他看上书协这块黄金宝地了。请你来，就是想让你写篇文章，在报纸上呼吁一下，阻止这种行为。"

"是谁这样胆大包天呢？"

"这是一座在建的商场，老板名叫张思贤，是一个政协委员，也是这里的土著！"丁逸梅说。

兰波看完，当时就有些气不过，她觉得隔壁这家在建商场的老板也太欺负人了。她当天晚上就写了一篇批评稿，交给主任，稿件第二天见报，没想到，这一下却捅了马蜂窝。张思贤不但找到了报社，说报道不实，损害了他的名誉，让给他恢复名誉，还雇佣社会闲人给兰波打电话，威胁她，让她少管此事。兰波的牛脾气上来了，她经过仔细走访，次日又写了一篇措辞更加严厉的稿件，交到了报社，不知咋的，次日稿件却没有见报。兰波找到部主任询问，主任让她直接去找总编。兰波找到老总那里才知道，是市政协的一位副主席给报社打了招呼，稿件才被压下来的。见兰波气得不行，老总给她倒了一杯水，关切地说："我知道你是对的，也知道你很气愤。但我们为了保护你，还是决定把稿件压下。你知道为什么吗？"兰波摇头。老总说："张思贤虽然就是一个社会闲人，但目前身份特殊，连市书协都惹不起他，你何必蹚这滩浑水。想必你也看到了市书协西隔壁那栋在建的商场，你还不知道吧，就是那栋在建楼房，已经把三家民营建筑公司给坑进去了。张思贤明义上是通过招标建楼，然每招到一家建筑公司，让对方给他盖两层，都不及时付钱，找各种理由，赶对方走。若建筑公司不走，他就雇佣社会黑恶势力进行威胁，直到建筑公司撤离工地为止。有两家建筑公司还去法院上告过，但好像也没有结果。几家建筑公司老总都是欲哭无泪，深悔自己有眼无珠，咋就碰上了这样的无赖。"兰波听了，不免有些气馁，她私下里给丁主席说明了情况，请他谅解，只好作罢。

兰波还是想简单了。她没有想到，她罢手了，张思贤却不依不饶，借口兰波损毁了他的声誉，和她闹个不休。又是扬言要上告，又是威胁要找人修理她，甚至半夜三更，还让人去兰波住处，敲门谩骂。闹了很长时间，实在看着兰波软硬不吃，张思贤这才偃旗息鼓，收了手。通过这件事，兰波才真正领教了什么叫无赖、混混。

兰波没想到，这一次要面对的又是张思贤。上一次尽管闹得很厉害，报社为了保护她，没有让她和张思贤接触过，听郑重这么一说，她这次倒一下子提起了兴趣，突然想会一会这个无赖。这个人如此缺德，又如此的有恃无恐，无论如何都该会会他，她想。

"张思贤眼下在哪里？"兰波问。

"还在朝阳路派出所。"郑重说，"尽管他闹腾，目前我们还不能放他走，因为他还涉嫌袭警。"

兰波听到这里，突然眼前一亮，说："对呀！你们何不从这里入手，好好敲打一下他。不说他在网上发帖，颠倒是非，抹黑警察，若赵警官伤情严重，构成了伤害，你们都可以刑拘他，最少可以治安拘留他。"

郑重说："其实，我们也是这么想的。这个无赖太嚣张了，收拾了他，也算是给受过他欺负的市民出口恶气。那咱们现在就去朝阳路派出所！"

"行！刚好晚上把何所长敲诈一下，让他请咱们吃饭。"兰波说。两人相视一笑，便出了门。

朝阳路派出所距城南分局不远，开车10多分钟就到了。到了所里，兰波很快在所候问室里见到了张思贤。一见之下，她不免大失所望。在兰波的潜意识里，张思贤肯定是一个满脸横肉，五大三粗，一如《水浒传》里泼皮牛二式的人物，但实际情况却恰恰相反。张思贤不仅形体不够威猛高大，还有些瘦小、猥琐，也就一米六五的样子，让她惊异的是，这家伙的眼睛不大，却贼亮，和人对视时，让人莫名其妙的感觉出一种紧张。张思贤双手上已没有了手铐。尽管他嚎叫着不卸下来，但嘴硬不过身体，身体要上厕所，身体要吃饭，身体要舒服，磨叽到最后，还是乖乖地让民警给他摘下了手铐。

兰波揶揄道："又进来了？怎么连人民警察都敢打？"

张思贤盯住兰波问道："我没有打警察！你是谁？"

"没有打？那赵警官头上的伤是他自己打的吗？"兰波反问道。"至于我是谁并不重要，重要的是你涉嫌袭警了。"

张思贤不语，只用眼睛死死地瞪着兰波。

兰波轻蔑地一笑，说："别这么恶狠狠地看着我，我可没有开罪你！"转身出了门。

王翠花体内的精液鉴定结果出来了，和刘鸣放送检的精液基因完全一样。张雷上午一上班，就把这一结果打电话告知了何远，何远明白，如果没有什么意外的话，刘鸣放就是"9·3"麻醉杀人案的真凶。他找来王建军、张明说：

"鉴定结果出来了，和刘鸣放的一样。跃进头部受伤，眼下还在住院治疗，你俩就辛苦一下，把鉴定结果告知刘鸣放，顺便再审问一下，看还有没有同伙。完了，直接到分局法制科办理一下刑拘手续，把案犯送到分局看守所去。"

王建军答应了一声，就和张明下了楼，直奔所里候问室。他们和看守的保安打了一声招呼，就把刘鸣放提出来，给他戴了脚铐，押着去了王建军的办公室。刚到办公室，刘鸣放就变脸失色地问道："警官同志，为啥要给我戴脚铐？那可是给重刑犯戴的呀！"

王建军黑着一张脸，挖苦道："对呀！难道你不是重刑犯吗？"

一听这话，刘鸣放急了，他结结巴巴地说："我，我……我可没杀人啊！"

"放老实点，给我乖乖坐到那儿，"王建军训斥道，"我们已有了确凿的证据，你还背着牛头不认赃？告诉你，王翠花体内的精液和你体内的精液基因鉴定结果是相同的，这说明了什么？说明了你就是货真价实的杀人犯。你就别装无辜了，赶快把 9 月 3 日那天晚上的杀人经过和动机，老老实实地交代出来吧。"

"我真的没有杀人，不信你们可以去问王翠花的表姐刘红，看她相信我会不会杀王翠花。再说了，我杀王翠花干啥？对我有啥好处？"刘鸣放边辩解着，边嘤嘤地哭了起来。

"你没有杀人，精液相同又如何解释？"王建军问。

"我们是发生了关系，但我向老天发誓，我真的没有杀人呀！不信，你们可以放开调查！"

"别扯这些没用的，你既然实在不愿意交代，那好，先委屈你到看守所待着去吧。"王建军、张明见问不出啥新鲜的材料，也不想和刘鸣放多费口舌，直接把他送到分局看守所关了起来。在返回所里的路上，王建军总感觉那里不对劲，他一拍脑袋，想起来了，忘记讯问发生在其他分局辖区里的那几起麻醉抢劫案的情况了。好在离开看守所还不太远，他急忙让张明调转了车头，重新回到看守所，提出刘鸣放，对这一重要细节进行了讯问调查。一听问的是这些情况，刘鸣放坚决否认，说那段日子，他刚好在福建老家盖房，不信的话，可以去调查。王建军说，这些情况我们当然会去核实，不过，这也不能证明你就没有杀害王翠花？说毕，径直出了看守所，开车回派出所。

回到所里后，他把审讯的情况向何远做了汇报，何远说："最好还是派人去一趟福建，落实一下刘鸣放所说的情况。"

王建军说："应该。咱们所里最近人手紧，拉不开，建议你和张大队协调一下，让分局刑侦大队派两个人去落实。"

何远想了想。点了点头。

15

必然中有时也有偶然性。"7·27"卧龙巷杀人案的侦破，可以说就是偶然的。

10月16日晚11时许，卧龙巷派出所两位民警出完警后，在返回派出所途经一小巷时，发现一个四十多岁的中年人，正在把一位穿着暴露的女人，按在地上毒打。那男人打得正欢时，突然发现了由远而近，闪着警灯的出警车，他立刻放了女人，慌忙冲上停在一边的机动三轮摩托车，落荒而逃。两位民警好生奇怪，尽管施暴者已逃走，但是出于职责和同情心，他们还是停下警车，来到被打女人身边，扶起她，进行了询问。不想，这一问，却问出了蹊跷。

被扶起的女人有30多岁，稍有姿色。她自称叫田小丽，来自甘肃农村。她说自己不想欺瞒警察，也不怕丢人，她就是做那个的。至于客人嘛，都是在环城公园附近钓的。今晚9点半左右，她正在路边左顾右盼，搔首弄姿地拉客人，一辆机动三轮车轰鸣着停到了她的跟前。她还没来得及细瞅，就听那开车人说道，妹子，在这儿等人哪，你看哥中不中？她一看那男人长得黑不溜秋的，身上又有一股浓重的烟草味，心中就有些老大不愿意接这样的客人，本想扭转脸不理，又转眼一想，最近严打，客人不好找，就急忙假装妩媚地一笑说，是呀！哥你有兴趣玩吗？那男人说当然有啦！她说一次得300元，很贵的，你付得起吗？男人说，没问题。她就上了车。那男人开车拉着她，连穿几道背街小巷，最后来到一条叫啥龙的小巷，停了下来。那男人把她带到了他的房间，连做了两次。事毕，男人让她陪夜，她怕有危险，就没有答应。她要求走，并向他要服务费。那男人说先不忙，一会儿送她时再给。但等下车时，男人却只同意给200元小费。为此，小丽和那男人在路边吵了起来，不想，他竟然动起手来。"这狗日的真不是人！"小丽边说边愤然骂道。

两位民警听完小丽的诉说，安慰了她几句，并对其进行了善意的批评，劝她年轻轻的，要走正道。

小丽正要走，其中的一位出警民警大张突然叫住她，若有所思地问道："你刚才说那男的把你拉到什么龙巷，是不是叫卧龙巷？"

小丽忙说："对对对，是叫卧龙巷。"

民警问："你还能记住他家的住处吗？"

小丽想了一想说："到了地方，肯定能找到，他住的地方是一个大杂院，门口有一棵大槐树。"

那位叫大张的民警和同伴商量了一下，就让小丽上了出警车，带他们过去。警车左拐右拐，就听小丽突然说：

"就是这儿。"

下了车，小丽就带着两位民警上到大杂院的二楼，来到一所房间的门口。

民警敲门，听到里面一阵响动，却没人吱声。再敲，才听到一位声音沙哑的男人，操着河南口音问道："谁呀？"话音未落，门就"哗啦——"一声开了。一个四十岁左右，长得黑黑的男子，出现在民警眼前。男子一见小丽和民警，仿佛是遇见了鬼，明显地显出几分慌张。不待民警问，他就说："你们找我啥事？我可没做啥？"

"你没做什么，那你慌啥？"

"我没没……慌呀！"

两位民警不和他啰唆，其中的一位看住中年男子，另一位环视了一下房间，并在屋里翻了起来。

"你们不能翻俺的东西！"男子见民警翻东西，有些发急地喊道，但立即被控制他的民警搡了一把："你给我放老实点！"

民警从床下翻出了一个女包，问道："这是谁的？"

男子瞬间脸色一变，支吾道："是，是……是我媳妇的。不不，是我在街上捡的。"

见男子有些支吾，大张似乎证实了自己起初的预感。他和另外一名民警迅速把该男子控制起来，并打电话给所里，叫派人来增援。所里很快派人来了，并把男子和小丽带回了所里。大张对所领导说，他有一种预感，这男子不光是嫖娼的事，似乎还隐瞒了更大的秘密，会不会和卧龙巷杀人案有关呢。

卧龙巷派出所组织人马连夜对男子进行了审讯，男子说他是河南人，姓王，名叫民民，属狗的，今年41岁，来南山市打工，目前以开三轮车载客谋生。他承认自己嫖娼不对，愿意接受任何处罚。当民警讯问他女包的来历时，和原来的支支吾吾不同，他一口咬定，是在街道上捡的。男子越这样态度坚决，民警越觉得有问题。所领导请示分局，对该男子进行暂时留置。随后，民警又对女包内的物品进行了查看，包内除了有一个钱包，一管口红，一部手机外，就是一卷卫生纸和半盒安全套。所领导让把这些物品立刻送到分局刑侦大队进行技术鉴定，看看能否寻找到一些有价值的线索。第二天一上班，鉴定结果就出来了，负责鉴定的民警异常兴奋地告诉所领导，送鉴的那一管口红和卧龙巷被害女人唇间所留的口红，系同一型号。这就意味着，自称王民民的河南籍男子，极有可能就是卧龙巷杀人案的凶手。消息传到局长杜平那里，他也非常高兴，立即指示专案组趁热打铁，务必侦破此案。

张雷随机带领专案组很快又去了一趟卧龙巷，对河南男子的租住房间，进行了全面勘查，技术人员在床上又找到了几根女人的头发。张雷一边让民警对勘查收集到的头发进行基因鉴定，一边又再次提审了王民民。王民民还是那一句话，女包是他在拉客途中捡的。至于口红的事情，他也弄不明白。正当案件审讯工作陷入僵局的时候，头发鉴定结果出来，从河南男子床上提取的头发和被害人头发基因相同，系同一个人身上的毛发。面对铁的证据，男子最终低下了头，承认是他杀害了被害人，并抛尸下水井中。

据王民民交代，他十分好嫖，为此，都和妻子闹得离了婚。今年 7 月 27 日凌晨 2 时，他在吃夜市时，偶然遇到了被害人。他看出被害人是做小姐的，便上前搭讪，最终谈好了价钱，他便用机动三轮车拉了被害人，回到租住地。做完事后，因嫖资起了冲突，被害人索要 300 元，他只给 200 元。被害人出言骂他，把他骂急了。他原本也是想吓唬一下受害人，就用手掐住了被害人的脖子。不想，一失手，竟把被害人给掐死了。他一看惹上了人命就想跑，后又转眼一想，不行，这样一跑，岂不正好告诉警察，他是凶手了吗？眼下最好的办法，就是找个安全的地方，先把尸体抛掉。时间一长，尸体腐烂发生变化，就是警察发现了，也毫无头绪，这样不就可以混过去了。于是，趁夜深人静，他快速把尸体藏匿进下水管道。但他没有料到的是，第二天一大早，老天爷就下起暴雨，导致被害人尸体早早暴露出来。王民民说："这都是报应，自作孽，不可活。"

至此，卧龙巷杀人案成功告破。在办公室里听完张雷的汇报，多日未曾露过笑脸的杜平，脸上难得一见的露出一丝笑容。他对张雷说："你们辛苦了，让同志们放松一下吧！我让行政科给你们批点钱，你代表我去犒劳一下大家！"

赵跃进头部的伤情鉴定结果出来了，属于中度脑震荡，已经构成了伤害。何远将鉴定结果告知了局长杜平，杜平说："这个张思贤也太牛逼哄哄了，竟敢动手殴打处警民警，此风不可长，传我的话，一切按法律程序办，够刑拘条件了刑拘，够治安拘留条件了治安拘留。总之，对这类人员，不能心慈手软。"

何远从局长办公室出来，就把杜平的意思打电话告诉了办案民警，让他们打消顾虑，不要因为张思贤是政协委员，办起案子来就顾虑重重，缩手缩脚。办案民警说，他们为了避免引起一些不必要的麻烦，已经派人给市政协送去了公函，告知了张思贤酒后滋事，打伤民警的事，并征求市政协对此事的处理意见，对方表示，没有什么意见，只希望警方在案件办理过程中，能秉公办理。民警说那是自然。对方便再也没有说什么。何远夸奖说，你们做得漂亮，就收了线，去了郑重的办公室。何远虽说和郑重是老同学，又是同事，好朋友，但因为平日都各自忙着自己的一摊子事，见面的机会反而很少。有事了，都是通过电话联系，电话解决。今天上午趁着给局长汇报工作的机会，正好可以去见见郑重，也顺便听一听他对一些事情的处理意见。你甭说，多日不见，还怪想的。

郑重在办公室写一个汇报材料，正在苦思冥想时，见何远推门进来了，立即从座位上站起来，笑呵呵地说："今早起来出门上班时，我就听见喜鹊在树枝上喳喳叫，我还寻思着是哪位重要客人要来呢，原来应在了你的身上！"

"去你的，我有那么重要吗？说不定有哪位相好上门也未可知？"何远回击道。

两人不由一阵呵呵大笑。郑重说："对了，我还忘记问你了，那个政协委员打人的事情处理的怎么样啦？"

何远一皱眉头说："我就是为这事来的！"接着，何远把见局长的情况向郑重复述了一遍，郑重说："这种人就是核桃——砸着吃的东西。还是按咱们之前商量的方法办，找兰波把此事做成新闻，发布出去，这样，以后那些袭警者，尤其是有特殊身份的袭警者，就会收敛一些。"

"你说得没错，"何远说，"那就有劳老同学喽！"

"哪里话，自家的事，应该的。对了，你得和金太阳的老总联系，让他们配合一下兰波的采访。还有赵跃进，不知病情现在怎么样了？能不能接受媒体的采访？"

"这些工作我来协调，协调好了给你电话。"

"那好，就这么说定了。"

出了分局门，何远直接开车去了妻子的单位。就在他来分局前，他接到了王春红的同事小李的电话，说妻子刚才晕倒了。他正准备去幼儿园，却接到了妻子的电话，说刚才胃病犯了，痛得厉害，还有些眩晕，休息了一会儿，现在已经好多了，请他放心。何远当时急着要去见杜局长，也就没有太往心上去。眼下，他突然觉得有点不安，莫非妻子怕影响他工作，故意哄骗他？何远心中当下就有了一种强烈的愿望，得去看看妻子。到了幼儿园门口，他给妻子打了一个电话，谎称办事路过这里，顺道看看她。妻子问他现在在哪里，何远说就在幼儿园门口。没过 5 分钟，就见王春红穿着幼儿园配发的服装，款款地走了过来，一见他，就嗔怪道："不让你来，你偏要来。刚才有些眩晕，已经过去了。都怪小李嘴快，害你担心和跑路。"

"你就别怪小李了，人家也是好心。你的气色就是有些不好，都是我拖累了你！"何远有些爱怜，又有几分自责地说。

"快别说这样的话！你忙的都是正事，也没有闲着到处乱逛呀？"

"要么你给园里请个假，我带你去医院再检查检查？"

"不久前刚检查过的，我说过了，没有啥大碍，就是有些累，好好休息一下就过去了。"

"那我走了，你多保重！"何远本想拥抱一下妻子，见幼儿园门前人来人往的，让别人看见了扎眼，就拉了拉妻子的手，和她告别。在回所里的路上，他寻思着，要不要给分局领导说一声，休几天年假，好好陪陪妻子。旋即，他就打消了这种念头：现在案子上的事情正紧，领导肯定是不会同意的。

　　兰波的稿件按时刊出，新闻标题也很博人眼球：酒后滋事殴打他人，民警处警竟遭袭击。新闻发出当日，就受到了社会各界的广泛关注，很多市民致函报社，支持警方的做法。兰波很欣慰，她抽空把群众的这些反应，告知了何远和郑重，他俩也是连声道谢，感谢兰波对他们工作的支持。兰波在电话中则表示鞭挞社会丑恶现象是媒体的职责，不必客气。但令兰波意外的是，一周之后，张思贤竟然被放出来了。

　　这天上午，兰波正在市中院采访一起案子，突然电话响了，她一看手机显示屏，电话号码异常陌生，以为又是售房或保险公司的业务推销电话，就没有接。不想，此电话不屈不挠，又打了进来，她就顺手接了，并习惯性地问道："喂，请问是哪位？"对方却不吭声，隐约能听到听筒里传出粗重的喘气声。兰波又等了一会儿，见对方依旧不说话，就把电话挂断了，但她没有想到的是，该电话又打过来了。兰波不耐烦地说道："你到底是哪位？"

　　这下对方说话了："我是谁？我是被你羞辱过的张思贤！没想到吧，我这么快就被放出来了！"

"你放不放出来，关我啥事？"

"怎么不关你的事？你一而再，再而三地害臊我，能说和你没有关系？"

"我们做记者的，就是据事实说话，你不做那些事，我会报道吗？"

"你报道别人我管不着，反正你不能报道我！"

"那我已经报道出去了，覆水难收，你说怎么办？"

"怎么办？你得给我一个说法，还得赔偿我。"

"这恐怕不好办！"

"不好办？不好办也得办！"张思贤说着，阴阳怪气地笑了几声，"我的意思，你我还是找个地方，我们坐下来谈谈，把这事了断了。"

"我没空，再说，我也不想看见你。"兰波说完，就直接挂断了电话。

张思贤又接连打了十多个电话，兰波都没有接。见兰波死活不接电话，张思贤径直给她发了一条短信："今晚6时，敬请阁下到聚贤大酒店308包间一聚，共叙友谊，你可不能不来吆，不来的话，后果会很严重的！"仿佛猜出兰波收到短信后会咒骂一样，她刚读完信息，对方紧跟着又发过来一条，"不要骂我是流氓，我就是地地道道一流氓。"

兰波顿时心情大坏，她呆了呆，潦草结束了采访，便乘坐单位的采访车返回报社。在返回报社的路上，她都在思考着如何对付张思贤这个流氓，不理显然是不行的，理他吧，这厮是一个下三烂，不按常理出牌，不定闹出什么事，说不定连自己的生命安全都会受到威胁。她左右为难间，不觉就想到了何远，对了，何不给他打个电话，向他讨要个主意。顺便也叮打探一下张思贤这么快放出来的原因。想及此，兰波就拨通了何远的电话。

何远正在所里开会，一看是兰波的电话，他就走出会议室，问有何事。兰波就把张思贤的事情说了，何远一听，也是一愣，他也觉得事情很蹊跷。不过，他安慰兰波，让她不要担心，他说他可以晚上陪着兰波，去会一下这个混混。至于张思贤如何这么快被放出的原因，他会尽快和看守所联系，一有消息，就告诉兰波。兰波一颗悬着的心，才稍稍落下。

中午草草吃了点东西，兰波在办公室眯了一会儿，就开始写稿。上午在市中院采访的是一起电信诈骗案，涉案起数虽多，但案情并不复杂。这类案件，兰波采访的多了，报道的也多了，可以说是熟门熟路，小菜一碟。不到一个小时，她已把稿件写好，传给了主任。剩下的两三个小时里，兰波就一直在网络上溜达，一会儿看看社会新闻，一会儿看看军事新闻，总之，是百无聊赖，消磨时间。这样乱看着，偶一抬头，见一轮通红的秋阳，已从城市西边的楼顶慢慢落下，西天刹那间已是彩霞满天。在城市里忙碌惯了，也奔波惯了，兰波已很少抬头望天，更别说关注落日了。

今日无意间看到落日，一瞬间，她竟有一些感动，原来大自然这么美好，原来自己生活着的这座城市这么美好，平日里真是忙糊涂了，辜负了这些良辰美景啊！就在兰波乱发感慨的时候，何远的电话来了："快下楼，我已到你们单位门口。"

兰波答应了一声，慌忙收拾了东西，关了电脑，背上包，冲出了办公室。她刚出单位大门，就看见何远坐在汽车的驾驶室里，摇下车窗玻璃，和她打招呼。她不由分说就跳上车，坐到副驾驶的位子上，"咋这么早？"

"还早吗？你也不看看时间？"

兰波掏出手机一看时间，已经快到下午6点了，她顽皮地一吐舌头，向何远做了一个鬼脸。

好在聚贤酒店距报社不远，路上又不堵车，不到半个小时，就到了。何远没有急着下车，他环视了一下四周，发现没有什么异样，这才示意兰波下车。

这家酒店位于南山市的西郊，算是一家准五星级的酒店，酒店除有住宿外，还经营餐饮，餐饮经营的是海鲜火锅。以前，无论是兰波，还是何远，这家酒店，他们都曾来过。酒店虽然叫聚贤酒店，其实和张思贤没有一分钱的关系。何远不明白，张思贤为何要把他和兰波见面的地方选择在这里，难道他想请兰波吃饭？

一走进酒店宽敞气派的大玻璃门，漂亮的门迎小姐就把他们迎住，他们一报包间号，小姐就说，在三楼，已经来了一位先生了，说着，便把他们领到了电梯间门口。上电梯，下电梯，开包间门，何远和兰波便看见，张思贤果然已坐在包间的沙发上，正在有滋有味地喝着一瓶啤酒，一副悠然的样子。见何远和兰波进来，张思贤不阴不阳地说："兰大记者面子不小吆，此行还有警界人士给保驾护航。不过，我不喜欢跟警察打交道，这是我和兰大记者之间的事，还是请何大所长出去吧。"话刚说完，一眼瞥见了站在一旁的门迎小姐，一挥手说，"你也出去，不叫你们不要进来！"

何远说："这酒店是你家开的吗？你说让我走我就走，万一你伤害了兰记者呢？"

"包间是我定的，我当然有权让你走。再说了，你咋就敢肯定我会伤害兰记者？"

"像你这种人，啥事做不出来！"

"我能做出啥事？我会强奸了她吗？"张思贤嬉皮笑脸地说。

"放自重点，你说话最好先从脑子过一遍，不要满口跑火车！"

"我就这样，我连警察都敢打，还怕说脏话！"张思贤挑衅道，"怎么样，有本事你再把我抓进去？"

"你犯事了自然会把你抓进去。"

"那我就再犯一次事，大不了再进一次局子。你们不是说我袭警吗，好，我今天就光明正大地袭一次警，也让你们开开眼。"张思贤说着，冷不丁就操起了桌上的啤酒瓶子，向何远的头上砸来。瓶子高高地举到半空，还没有抢下，他突然不动了。原来，就在这电光石火的一刹那，何远不知什么时候，已用右手死死地锁住了张思贤的咽喉，使他动弹不得。张思贤举起的多半瓶啤酒，便如瀑布，哗啦啦倾泻而下，浇了自己一头一身。何远示意兰波出去。待兰波出门后，何远恶狠狠地说："我这次让你长点记性，记住袭警要付出的代价！也让你记住欺压他人要付出的代价！"说着，手腕往下一用力，张思贤"哎哟——"叫了一声，就不由自主地跪到了地上。何远一松手，膝盖猛地往上一顶，张思贤一声惨叫，便仰八叉倒在了地上，双手捂着嘴，在地上痛苦的抽搐。张思贤刚一撒手，就见血水合着断齿，从口中喷吐而出。

何远双手抱在胸前，鄙夷地望着张思贤说："怎么样，还想袭警吗？"

张思贤边用袖口擦着嘴角的血水边说："算你狠！"

何远让张思贤去洗手间洗干净头脸，待其出来后，示意他坐到沙发上。何远自己也拽过一把椅子，坐到张思贤的对面，问道："今后还想找兰记者的麻烦吗？"

张思贤忙说不敢了。

"滚吧！"

听到何远发话，张思贤如遇大赦，拿了自己的皮包，一溜烟地走了。

何远开门让兰波进来，并招呼酒店服务员也进来，收拾了包间，付清了张思贤先前喝掉的啤酒钱，然后，客气地对服务员说："对不起，由于我们所宴请的客人有更重要的事情没有来，今晚饭局取消了，包间也不需要了。"服务员说没关系，欢迎下次再来。何远向服务员点点头，便带着兰波离开了聚贤大酒店。此时，外面已有了浓浓的暝色。

何远开车送兰波回家，在路上，何远告诫兰波说："你今后外出还是小心一点，那货不是个善主儿。"

兰波点点头。

"哦，对了，我打听了一下，张思贤早早从看守所放出来，好像是市上某个领导打了招呼。"

"谢谢你！"兰波说，不知咋的，她今晚觉得特别的累，很想找一个地方靠一靠。

分局刑侦大队派往福建的侦查人员回来了，刘鸣放没有说假话，就在南山市连发多起麻醉抢劫案的这一时间段里，他确实在福建老家翻盖他家的老房子。这一点，当地派出所和刘鸣放的乡亲们都能证明。听完王建军的汇报，何远陷入了深思。从专案组目前掌握的证据看，刘鸣放不能从"9·3"凶杀案的疑犯中排除，但从其急赤白脸的辩白和民警在福建的调查情况来看，他似乎又不像是此案的嫌犯。刘鸣放虽然有作案的时间，其作案的动机又明显不足。为了慎重起见，何远把他的疑虑告知了局长杜平，建议将刘鸣放暂时羁押，等到案件真相大白后，再做处理。此事刚处理完毕，就见教导员王力手里拿着一张纸进了办公室。何远问道："有事?"

"也没啥大事，我想休 10 天假，最近身体老感到不舒服。"王力说。

"是呀，这一段日子，咱们很多时候都是连轴转，是该休息调理一下。"何远关切地说，"如果实在觉得不舒服，就去医院查查。"

"谢谢！其实也没有啥大碍，主要就是累的，身累心累。休息十天半月的，我想就会好的。"

"我这里没有意见，和局领导打过招呼了吗？"

"昨天上午已给胡政委打了个电话，政委同意。"

"那就休吧。"何远说着，接过王力递过来的休假条，痛快地签上自己的名字。

何远还以为王力真的身体出了问题，需要休息，他哪里知道，王力喜好摄影，他已和几个摄友约好，趁着此次休假，要到西藏去好好玩玩。

17

时间过得真快，转眼间已是农历的十月一日了。这天中午，何远刚从灶上打好一份饭，端到办公室准备开吃，就见王建军喜眉笑眼地进来了。他还以为王建军在串门，就随随便便地问其吃了没有，不想，王建军却把嘴凑到他的耳朵边，故作神秘地说："所长，报告你一个好消息！"

"你能有啥好消息？莫不是又没烟抽了来蹭烟的吧？"何远漫不经心地开着玩笑。

"你真的不想知道吗？那我可走了！"说着，王建军假装着转身要走。

"你给我站住，把话说完了再走，别让我闷在葫芦里。"

"麻六落网了！"

"你说啥？"

"麻六被抓住了！"王建军重复了一遍。

一听麻六被抓住了，何远一推饭碗，急不可待地追问道："你快说，麻六是怎么被抓获的？"

王建军却卖起了关子："领导，你能不能先体恤一下下属，赏颗烟抽。"

"还真被我说中了，是蹭烟来了。"何远说着，拉开抽斗，从里面摸出一包烟，扔给王建军，"怎么样，这下该说了吧？"

"是这么回事，我警校的一位同学在咸宁区后寨派出所工作，他们上午出警时抓获了一名抢劫出租车司机的犯罪嫌疑人，一审讯，是我们所上网追逃的逃犯麻六。我之前和同学在一次聚会时曾提到过这个案子，他有印象，这不，就赶紧打电话告诉了我。"王建军说。

"没有弄错吧？详细情况你知道吗？"

"我已经让我同学传过来了嫌犯的照片，没错，就是麻六。至于具体细节，目前我只知道好像是在田野间抢劫一名女出租车司机时被抓获的。"

"你下午辛苦一趟，带上赵跃进，拿上所里的介绍信，去后寨派出所了解一下情况。"何远说，"如果真抓住了麻六，给老黏也算有个交代了。"

"是呀！"王建军附和道。

事不宜迟，王建军吃过午饭后，就喊上赵跃进，开车去了后寨。赵跃进自从被张思贤打伤后，住了十多天医院，出院后，竟然有点长胖了。也许是久未摸车的缘故吧，他开上车后，竟有几分兴奋，一路上将车开得飞快。出了城，到得咸宁区地面上，立刻便是一片田园风光。此时，秋庄稼已收，冬麦已种，秋阳下，旷野上一片鲜绿。路边的树木，树叶已开始变黄，凋零，许多树木已变得有些光秃秃。田间地头，这里那里的，堆放着收获过的玉米秆，一些鸡鸭就围着玉米秆，搜寻着遗漏的玉米粒吃，样子极其的安闲。而远处的南山，在秋天高远的天空下，则是层林尽染，红的黄的绿的，五彩斑斓，显得更加的美丽、雄伟。王建军想，这也许是南山一年中最美的时节了，再过一个多月，南山将会是另一副模样，北风一吹，万木落尽，山寒水瘦，素湍绿潭。如飘飘洒洒地落上一场雪，则群山披素，树枝似琼，峰峦逶迤，南山便真是一条银龙或玉龙了。哪天得空了，一定要带上妻子孩子，去南山里转转，看看南山的美景。可他也就是这么一想，手头七七八八的事情实在太多，他哪有这个闲工夫呢。

　　两人心中有事，面对美景，也是无心多赏，只是一味地赶路。后寨派出所就在南山卜，距城区有四十多公里路的样子，开车一个多小时就到了。临出门前，王建军已和同学通过电话，因此，他们的车子刚一进后寨派出所的院子，王建军的同学就挥着手迎了出来。寒暄过后，他们立刻切入了正题。王建军询问麻六的有关情况，一问之下，他们才知道，原来麻六眼下还不在后寨派出所里，而是在附近一家镇医院接受治疗。好在后寨派出所的民警在其清醒后，已对其进行了初步审讯，录了口供，加之被抢劫的女司机还在所里协助调查，没有离开，这样，王建军和赵跃进才得以了解了麻六落网的详细经过，也算是不虚此行。

　　在南山市地区，有一个古老的风俗，这就是，在每年的农历十月一日这一天，生者都要到已逝亲人的坟头，给逝者烧化一些纸钱和纸糊的衣服、被褥，这谓之送寒衣。话说当日的9点左右，南山市北郊一位名叫金美霖的女司机，刚把车开到火车站附近，就见路边有人招手，她没有多想，就停了车，车门一开，一位头发略长，长得消瘦的二十七八岁的男青年提着一个脏兮兮的旅行包，一屁股就坐到了副驾驶位置上。金美霖习惯性地问道："请问师傅要去哪里？"

"咸宁区。"

金美霖以为是去咸宁区政府所在地，也便没有多问，就开着车，一路由北向南狂奔，也就四十分钟的样子，就到了咸宁区政府所在地。金师傅这才问男青年具体地址，小伙子说："还远着呢，我要去的地方是后寨。"后寨在南山下，金美霖以前拉客人也曾去过，她便拉着小伙子继续往南走，一路上，心里还美滋滋地寻思着，今日可捡着了一个大座儿。但到了后寨后，小伙子还赖着不下车，让金师傅继续往乡下田野里开。金美霖眼见着路越走越偏僻，就有点发悚，再次问小伙子到底要去哪里，小伙子不假思索地说："我要去给我父亲上坟，走吧，一会儿就到了。烧完纸，我还要回城里去呢。"

金美霖信以为真，在小伙子地指引下，便继续往前开。开着开着，车就进入了一条乡间小路，又行进了一会儿，路就断了。这时，车子距村庄已经很远，四周不见一个人影，除了树木，便是广阔的麦田。小伙子说："到了！"便去提脚下旅行包。金美霖还在愣神儿，冷不丁就看见小伙子已从包里拿出了一把菜刀，伸到了她的面前："快把钱拿出来！"

金美霖呆了呆，瞬间也不知道从哪里来的勇气，双手一下子就抓住了小伙子拿刀的右手，和小伙子扭打着，奋力地夺起刀来。也许是小伙子气力不支，也许是被金师傅的气势唬住了，总之，抢着抢着，尽管金师傅的手被刀划了几道小伤口，她竟然逐渐占据了上风，最终还把小伙子手中的菜刀夺了下来。小伙子见大事不好，随机拉开副驾驶室的车门，准备逃走。金师傅夺下菜刀后，胆气更粗了，就在小伙子下车准备逃走时，竟挥刀在其后背上连砍两刀。但小伙子还是趔趄着下了车，急慌慌向麦田里奔去。金美霖不及关上车门，就启动着车子，颠簸着下到麦田里，向小伙子追去。小伙子跑着跑着，回头一看，见女司机竟然开着车追上来了，突然一个转身，变戏法似的从衣服下掏出了一把手枪，对准了迎面而来的出租车。尽管迎面是黑洞洞的枪口，但金师傅还是像一只暴怒的狮子，一轰油门，向小伙子撞去。

小伙子被撞倒了，爬起来赶快又跑。金美霖一看手枪不响，已明白枪是假的。就又轰着油门开着车子，向小伙子追去。小伙子跑着跑着，实在跑不动了，竟如一摊烂泥，倒在了麦田中，就连手枪也扔到了一边，只一味地大口喘气。恰在此时，远处来了两位扛着铁锨下田的农人，远远地看到这里打闹，也是出于好奇，奔过来想要看个究竟。金美霖对两位农人说明了情况，两位农人这才协助着将小伙子抓获。其实不用农人帮忙，抢劫的小伙子因为后背中了两刀，血流得多，已是没有了反抗的力气，金师傅此时一个人也可将其抓获的。金美霖随后打电话报警，后寨派出所的警车十多分钟就赶到了。民警们在麦田中找到了歹徒抛弃的手枪，原来是一把仿造的玩具塑料手枪。民警还拿走了歹徒的旅行包和行凶的菜刀。因歹徒受伤，在民警的监管下，其被就近送到了镇上的医院。金师傅则开着出租车随民警回到后寨派出所，做谈话笔录，协助警方继续调查。

在案件侦查过程中，民警这才了解到了金师傅之所以敢于和歹徒殊死搏斗的真实原因。

今年已45岁的金美霖，原来在南山市外贸公司下辖的一家仓库工作。两年前，因企业倒闭，她和她的工友们全部下岗。下岗后，因无别的手艺，她便和自己同单位的一位好姐妹，各自买了一辆出租车，跑起了出租车的生意。就在今年的春天，她的那位姐妹一天夜间拉了一位客人，没想到这位客人是一名歹徒，不但对其进行了抢劫强奸，还挟持她的这位姐妹，连夜将车开到了河南灵宝。事后得知，歹徒是一名在逃杀人犯，歹徒惧怕案情败露，不但杀害了她的这位姐妹，还烧毁了出租车。金师傅说，她在同情这位姐妹不幸遭遇的同时，也汲取了一个教训，这就是，遇到劫车的歹徒，一定不能懦弱，要胆大机智，敢于斗争。因为斗争了也许还有一线生机，如果不斗争，肯定就是死路一条，要么被抢劫，被凌辱，要么被杀害。

听完案情介绍，王建军觉得大跌眼镜，他没有想到，逃跑了多年，让他们遍寻不着的麻六，竟然是这么落网的，不由有些好笑。在同学的引领下，王建军、赵跃进也去了一趟镇医院，会见了一下犯罪嫌疑人，没错，就是麻六。麻六受的伤不重，经过包扎处理，已经像一条离了水的鱼又被放回水里，缓过来了。当王建军一报家门，麻六倒是很配合，说："你们把我带走吧，反正我再也不想跑了。"

"你既然这样说了，我们也就再不绕弯子了。你把你打伤大毛后多年来的逃亡经过，如实地交代出来吧。我们也好做个笔录，回去销案。"王建军说，并示意赵跃进做一下记录。

没想到，听到这话，麻六竟然哭了，他说："就因为自己一时的争强好胜，竟闹到今天要入狱的地步。我好后悔呀！"

据麻六交代，打伤大毛后，那天晚上，他趁看守民警上厕所的空隙，逃出所里，先去了一趟医院。听医务人员讲，大毛被打得昏迷不醒，说不定就救不过来了。他一听，这一下祸可闯大了，要坐牢的。他思来想去，还是三十六计，走为上计——逃。于是，他连夜买了一张火车票，逃离了南山市，逃到了山西太原。在山西，他专找偏远人少的地方呆，为了生计，他先后帮人种过地，放过羊，还曾下过小煤矿。一次下井作业时，恰逢煤窑塌方，他差一点儿被活埋，把命丢掉。后来，他又漂泊到内蒙古，去过呼和浩特、海拉尔、满洲里，在那些地方帮人看过仓库，砍伐过林木……总之，很多脏累的活儿都干过。也是实在在外面混不下去了，想着这么多年了，也许那事已经了结了，这才冒险回家。

"回来就回来啦，那为啥又抢劫？"

"没钱用。"麻六说着，低下了头，"再说了，我也没想着伤害她，拿刀拿枪的，只是想吓唬一下她，没想到这个女司机这么厉害！"

"你先好好养伤吧，我们马上会通知人，把你转到市局安康医院的。等你病好了，再来提审你。"王建军说完，就出了镇医院，他对同学表示了谢意。同学要留他吃饭，他借口还有案子要办，也谢绝了。两人就开着车，离开了镇医院，往市区疾驶而去。在路上，眼见着太阳就落山了，也就一会儿的工夫，夜幕已笼罩了大地，远山近树转眼间就变得模糊不清起来。

18

仙台村绑架案又有了新线索。

11 月 16 日晚 8 点左右，何远正带着妻子、儿子在成都印象酒店吃饭，突然接到了刘建妻子的电话，她说，就在一个小时前，她丈夫的手机上收到了一条奇怪的短信，短信内容是"你这个忘恩负义的王八蛋，你毁了我一生，我会恨你一辈子的，更会让你生不如死的。"恰好丈夫下楼买烟去了，手机拉到了家里，也是因为好奇，她无意间偷看了短信内容。等丈夫回来后，她质问丈夫这是怎么回事，没想到刘建竟然脸色大变，支支吾吾了半天，才推说他也弄不清楚，也许是别人把短信发错了吧。她觉得可疑，丈夫会不会在外面有小三呢？就逼着丈夫给发短信人打个电话，丈夫却是死活不肯，说这是自找麻烦。她怀疑这里面有问题。

何远接听完电话，也感到此事蹊跷。儿子小龙今天生日，何远本来想趁此机会，好好和家人聚聚，吃顿饭，也让妻儿乐呵一下，没想到饭刚吃到一半，就摊上了这样一档子事。他想走，又不知道怎么给妻儿说，只是坐在那儿发愣。见状，王春红问道："是不是所里又有事情啦？如有，你走你的，不要管我们娘儿俩。"

何远有些难为情地说："也不是啥大事。来，吃吧吃吧，今天那儿也不去，就专心陪你们吃饭。"

他嘴上虽这么说，却似丢了魂似的，坐立不安。

"别难为自己了，想走就走吧，反正也快吃完了。"王春红说着，就要喊服务员过来买单。

何远连忙止住，说："这样吧，你们慢慢吃，我先回所里看看，安排一下，很快就赶回来。"

王春红说："好吧！我们等你。如过不来了，就打个电话。"

何远点头。一旁的小龙也说："爸爸，快去快回！"何远答应着，已出了包间。到得所里后，负责此案的警长王建军不在，他就带了赵跃进、张明俩人，开车去了刘建家。待敲开刘建家的门，何远发现，室内的气氛十分尴尬，原来，妻子还正在为短信的事情和刘建吵架呢。刘建粗脖子胀脸，一副气呼呼的样子；他妻子则在一旁哽咽着抹泪。见此情景，何远心中暗暗难受，绑架案久拖不破，让他瞬间觉得自己很无能，很对不起这一家人。

"你，你们来了，请坐，我去给你们倒茶。"刘建客气着，明显的有一丝慌乱。何远没有和刘建客气，而是直截了当地问："你说说，短信是怎么回事？"

一见何远问这个，刘建更加的慌乱了，端茶杯的手不由一抖，茶水溅出杯外，洒落地上。何远把这一切看在眼里。他更加坚信了刘建心里有鬼。

"把你的手机拿出来！"

"拿手机干吗？没有啥的？"刘建躲藏着。

"快拿过来吧，不要让我们动手！"何远语气加重道。

刘建很不情愿地把手机从口袋掏出来，递给了何远。何远打开一看，短信已被删去。他把手机交给张明收好，目不转睛地盯着刘建问道："是谁来的短信？"

"我我，我也不知道！"

"真的不知道吗？"

刘建嗫嚅着，小声嘟囔道："真的不知道。"

"你可别骗我们，你尽管已把手机信息删除了，我们找专家一鼓捣，信息就会恢复的。"

刘建脸色发白，有汗水从额际冒出。

"还不想说吗？也不看看这个家成什么样子了"，何远开导道，"你总得想想你妻子的感受吧，你总得为你被绑架的女儿考虑吧。"

没想到一提起被绑架至今音信全无的女儿，刘建顿时情绪失控，他竟然"噗通——"一声，跪倒在妻子面前，一边用手打着自己的脸，一边痛哭流涕地说道："都是我不好，是我害了女儿！我没脸，我见不得人，我全讲出来吧，那条短信是孩子她小姨发过来的。"

接着，刘建稀里哗啦交代了他和李静不可告人的丑事。刘建的交代，让妻子大吃一惊，也让何远他们大吃一惊，难怪李静要绑架小侄女，原来中间还有这么一档子事呀。

以下是刘建的讲述：

我真的不是人！对不起我的妻子，对不起我的女儿，是我亲手毁了这个家，毁了我们的幸福。我一直和我女儿小姨私下来往着。那是在我和妻子结婚后的不久，那时我们还没有来南山市，还在老家湖北一个小村里住着，一年夏天的一个上午，李静来我家玩耍，妻子那天下地去了，我就给李静弄了许多好吃的，又是水果，又是糕点糖果的，李静吃得很开心。李静那时已经是一个十七八岁的少女了，人长得好，出落的跟一朵花似的，水灵灵的。我看得眼馋，就用言语挑逗她。谁知，李静也是情窦初开，有些少女怀春，一勾引就上手了。当天，我们就做了那事。李静那时正在县里的一家幼师学校读书，县城距我们村有二三十里地，自从我们好上后，李静隔个十天半月的就往我们家里跑。一来，我就支开妻子，让她去镇上买菜，我们则尽情地狂欢。我们一直做着避孕措施，那一天也是实在太高兴了，忘乎所以，竟然把这档子事给忘记了。不久，李静怀孕，她来找我，偷偷地问我怎么办。我说，能怎么办呢？只能是悄悄地做掉了。还好，李静那时还很听我的话，加之那时她年纪小，心里也害怕，便被我连哄带骗地弄到了县医院，做了人流。事后，李静大病一场，人也瘦得脱了形。这之后，我心中吃力，也怕事情败露，面子上不好看，就给妻子做工作，离开了老家，一个人跑到南山市创业，跑起了出租车的生意。没想到，我这一步棋还走对了，经过五六年的打拼，我不但自己在南山市站住了脚，而且买了车，做了老板。后来，我又把妻子和女儿接到南山市，一家人总算过上了平平安安团团圆圆的日子。我离开家乡不久，李静幼师就毕业了，招聘到了县上的一家私立幼儿园。我们虽然人隔两地，但藕断丝连，还私下里不断地互通着电话。她说她忘不了我，问我咋办。我假装糊涂，能怎么办，我已结婚，妻子又是她的堂姐，离婚恐怕无望。我劝她尽快找个男朋友，成个家，好好过自己的日子。但李静婚姻方面，似乎并不如意，她打电话告诉我，找过两三个，都不满意，不是她嫌弃别人，就是别人嫌弃她，总之，是谈不拢。就在去年春天，她突然辞了工作，打电话说要来我这里，我一听吓坏了，劝她不要来，但她不听，还是来了。来了我也不能赶她走，和我们住在一起，日子长了怕妻子发现，我只好给她另租了一间房子，让她独自居住。千不该万不该，我禁不住诱惑，又和她好上了。更可恨的是，我嘴贱竟然在一次完事后，答应和她堂姐离婚娶她。没想到，这话让她给抓住了，她时时逼着我离婚。我被逼无奈，私下里给了她5万元钱，希望她离开我。她收了钱却坚决不答应，还扬言，如果不离婚，她做出了啥对不起我的事情，可不能怪她。我痛苦极了。其实，孩子一遭绑架，我就怀疑是李静干的，但又不敢往那里想。我最近这段日子真的是度日如年啊！这一切都是报应，都是我造的孽。

刘建讲述完了，她的妻子听完后是又急又气，疯了一般，扑上来拼命地撕打刘建，把刘建头上的几缕头发都揪下来了。何远他们挡了几次，才把李敏挡住。李敏已经是哭成了一个泪人，几次哭得昏死过去。怕他们在一块儿待着出事，何远以要继续调查为由，将刘建带回了派出所。事实上，他们确实还有一些事情要问刘建，因为这对侦破绑架案至关重要。何远又从所里找来一位女民警，让晚上住到刘建家，陪陪李敏，以免发生意外。

忙乱完了这一切，已是晚上11点多了。何远这才记起，他没过去，忘记给妻子打电话了。他想给妻子去个电话，表示一下歉意，一想，妻子可能已经入睡了，也就只好作罢，只能在心中说声："老婆，对不起了！"

尽管给刘建手机上发短信的那部手机关机了，但经过技侦人员的努力，还是锁定了这部手机，并确定出持机人在云南昆明地区。何远张雷分析，这部手机的持机人应该就是绑架案的犯罪嫌疑人李静。于是，他们迅速把这一讯息向杜平做了汇报，杜平说："还汇报个啥呀，兵贵神速，赶快派人去昆明，和当地警方联系，力争早日抓获犯罪嫌疑人。"何远、张雷不敢怠慢，立刻进行部署。鉴于案情重大，他俩商量着分了一下工，何远的意思，张雷因为还有别的案子，这次抓捕行动就别去了，在家里坐镇指挥，协调南山市这边的工作。昆明那边的抓捕行动就由他带队前往。张雷同意，因为是两个单位联合办案，为表示支持，张雷特意安排了他们一位姓王的副大队长一同去，配合何远的工作。何远这边则抽调了王建军、赵跃进、张明等人。两边共抽调了八九个人，组成抓捕小分队，由何远带了，当日乘飞机直飞昆明。

到得昆明，已是晚上9点多了，他们先乘机场大巴，赶到市区，找了一家旅店先住了下来。奔波了一天，总得吃点东西吧。何远便带着抓捕小分队的人员来到街上，昆明不愧是一个省会城市，也不愧是一个旅游城市，街景绚丽，五光十色不说，人也很多，已经是晚上10点多了，大街小巷上还是游人如织，络绎不绝。其实，何远对昆明并不陌生，十多年前，他曾陪妻子来过。那时，他们刚刚新婚不久，正在休假，正愁无处可去，恰好从央视上看到了有关云南的一个电视专题片，妻子眼睛一亮说："咱们去云南吧！"他不假思索地说好啊。当天，就买了火车票，哐当哐当地坐了二十几个小时的火车，赶第二天的早晨，已到了昆明。那时的昆明，尽管游人也很多，但远非今天可比，街面上还比较清静。十多天的时间里，他们游览了翠湖、滇池、金殿、石林，在石林，经不住彝族导游的一再诱惑，他和妻子，还穿上彝族服装，装扮成电影《阿诗玛》里面的阿黑和阿诗玛的样子，照了一张相。照片的背景就是石林，以及大片盛开的山茶花。当时山茶花开的那个艳丽呀，把妻子的脸都映得红彤彤的。这张照片后来他专门把它放大了，挂在了他们的卧室里，一挂就是几年。直到他们有了小龙后，照片才被撤下，换上了他们的全家福。那次他们还去了大理，看了洱海，在碧波荡漾的洱海边，吃了著名的洱海白鱼。白鱼味道那个鲜嫩呦，让他至今难忘。让他难忘的还有歌咏大理的那首民谣：下关风，上关花，苍山雪，洱海月。所谓风花雪月，他以为把大理的美景概括殆尽了。脑子里回忆着那些美好的情景，不觉间已经转过了几条街巷。直到王建军在他身边喊："领导，还转呀？就在这家吃得了，都快饿得前心贴后背了。"何远才猛抬头，原来已经到了一家云南小吃店的门口。他们就进去了，要了过桥米线，要了汽锅鸡、饵块和几样凉菜，还要了几瓶啤酒，大伙儿美美地吃了一顿。因为明天还有任务，也不敢闹腾的太晚。看看已11点多了，何远招呼服务员结了账，督促大家回酒店休息。

一夜无话，次日一早，何远就带人赶到昆明市公安局，拿出介绍信，向对方说明了案情，希望能得到协助。因为技侦侦查犯罪嫌疑人的手机出现的地方位于翠湖区域，而翠湖区域属于五华区，昆明警方立即电话要求五华分局协助抓人。但当何远带人赶到五华分局时，技侦人员却打来电话，告诉他们目标丢失。闻听此讯，何远顿时感觉如跌入冰窖。无奈，他们和五华警方商量，只能采取走访摸排的方法，一个社区一个社区的逐个寻找，期望能找到李静。但一连忙活了四天，几乎把五华区粗略地翻了一遍，却毫无收获。难道李静已离开了五华区，去了别的地方？何远心里着急，但还不能显现出来，怕影响了其他人的情绪，表面上装得跟没事人似的。这样又熬了一天，看看依旧没有结果，王副大队长主动和何远商量，看是撤离呢，还是再坚持寻找几天。王副大队长的意思，已经出来快一周了，该搜寻的地方都搜寻了，没有找到犯罪嫌疑人，还是撤吧。何远不同意。他说既然来了，还是再多待两天吧，天上这么多云彩，指不定那块云彩会下雨呢。王副大队长想想也对，就耐着性子，继续搜寻。他们又先后摸排了一些宾馆、学校，尤其对这一地区的幼儿园进行了重点排查。一天中午，抓捕小分队正在一家小旅馆摸排时，何远突然接到了儿子小龙的电话，他忙问儿子有啥事，儿子吭哧了半天说没啥事，有点想爸爸了，就把电话挂了。放下电话，何远有些狐疑，儿子为何打电话吞吞吐吐的，莫非家里出了啥事？他赶紧又把电话拨过去，在他的一再追问下，小龙沉默了半天，忽然哭了起来："爸爸，你快回家吧！妈妈病了，都病了好几天了，在家里躺着，妈妈不让我告诉你。我怕！"

何远听完，头轰的一声，就有些发懵。妻子这是怎么了？咋又发病了？自己远在昆明执行任务，他和妻子家都不住南山市，仓促间想找个人照顾一下妻子都不好找，这可咋办呀！想来想去，他突然想到了兰波，何不让她先去照顾一下王春红呢？但他旋即又否定了，兰波愿意吗？就是愿意，人家也有工作，咋好意思开口呢。还有，自己让兰波去照顾妻子，妻子会不会多想。想及此，他决定还是先给妻子打个电话，了解一下病情再说吧。于是，他假装去上厕所，躲到一个没人的地方，给妻子打了一个电话。王春红听上去很虚弱，她问何远在昆明还好吗，抓捕任务还顺利吗，告诫他在执行任务时要注意安全。王春红还说，家里一切都好着呢，请何远放心。何远听得鼻子发酸，柔声说："春红，我在昆明一切都好。你咋啦？病的怎样？要不要去医院？"

"这孩子，不让告诉你，咋还是跟你说了。我没事，就是有些疲累，感觉浑身无力。"

"你先去医院瞧瞧大夫，等我出差回来后，陪你去医院彻底检查一下。"

"好吧，你快去忙吧！"

何远还想和妻子再多说两句，但妻子已把电话挂断了。

他定了定神，还是拿出手机给郑重和兰波分头打了一个电话，委托他们二位，抽空去看看王春红。

在五华警方地协助下，何远带人又寻找了两天。你甭说，还多亏了何远的坚持，就在民警们寻查到第二天下午 3 点半左右时，奇迹出现了，在和五华分局接壤的另一个分局辖区内，民警们发现了一家私立幼儿园，也是抱着权当尽心的态度，民警进去一查，乖乖，竟然把李静抓了个正着。当时，李静正带着孩子们做游戏，突然看见何远他们进了幼儿园，她慌忙丢了孩子，转身就往厕所里躲藏，王建军眼尖，一眼就瞅见了，他大喝一声："李静，你往哪里逃？"话音未落，已飞奔到李静身边，将其死死抓住。闻讯赶来的幼儿园园长，听说李静是绑架案犯罪嫌疑人，吓了一跳，不等何远他们询问，她就将李静来幼儿园的情况和盘托出。原来，前不久，幼儿园师资不足，园里便花钱在报纸上打了招聘广告，李静是看到广告后上门应聘来的。不过，她说了谎，没说自己叫李静，而是声称自己叫王静，家在湖北，学过幼师，但没有幼师资格证。也是急着用人心切，他们面考了一下，发现还可以，也没有细查，就录用了，谁知这李静竟然是犯罪嫌疑人。何远忙说，这也不能全怪你们，谁也没有长着火眼金睛。园长忙说是是是。

何远对五华警方民警的配合进行了感谢，随即押着李静回到了宾馆。他打电话把李静落网的消息报告了杜平，便趁热打铁，在宾馆里对李静进行了审讯。不急着审讯不行呀，李静是落网了，但被绑架的孩子至今还下落不明呢。

"你倒是隐藏的很深呀，俗话说得好，家贼难防。你不就是那家贼吗？看着长得光眉花眼的，咋就干下了这样没屁眼的事儿呢？"何远揶揄道，"你说说，你为啥要绑架你的小侄女，孩子现在在哪里？"

李静脖子梗着，不说话。

"把头转过来，看着我，回答我的问题！既然敢做就要敢于承揽。"

李静把头转过来了，但仍然一言不发。

"事已至此，还抱啥幻想，快说！"

李静哭了，她小声说："我恨他，恨死他了！"

"你说恨谁？把话说明白！"

"刘——建！"李静一字一顿地说。接着，李静便把她和刘建的破事，一股脑地抖搂出来。事情和刘建所说的大同小异，不同的是，李静交代是刘建勾引的她，并答应和她结婚的。

何远才懒得管他们谁先勾引谁的破事呢，他焦急地问："孩子呢？"

"被我失手掐死，扔进井里了。"

何远闻言，吃了一惊。他急切地问："为啥要掐死孩子？"

"那天上午，孩子到我租住的地方来玩，我一看见她，就想到了负心的刘建，就气得不行，就动手掐孩子，没想到，她竟然骂我，还说一会儿回家后要把我打她的事告诉她父母。我一听更是气上加气，结果就用手死命地掐住了她的脖子，不想，用力过猛，竟把她给掐死了。眼看孩子死了，我也很害怕，但怕又有啥用呢，我只好把孩子的尸体装进一个大纸箱里，然后用胶带纸封了，雇了一辆出租车，趁天黑将孩子尸体运送到郊外，扔进一口深井里。"

"那写信敲诈又是咋回事呢？你是不是早就预谋着要绑架孩子了？"

"其实我根本就没有想着要绑架孩子，我只是想吓唬一下刘建，让他给我拿出一笔钱来，我好远走高飞。"

"孩子都死了，你咋还敢继续索要赎金？你难道不怕警察抓你？"

"我是孩子小姨，我想你们一时半会儿还怀疑不到我头上。再说，我也确实需要钱。"

"那为啥后来又要跑呢？"

"不跑行吗？你们迟早会找到我头上的。"

"你确实够狡猾的，扔孩子尸体的那口井在啥地方？"

"在南山市南郊，靠近咸宁区的地方。"

"还能记得具体位置吗？"

"大体上能记得。"

"今天先到这里，你就等着吃牢饭吧！"

当天晚上，何远他们就押解着李静，坐火车连夜返回南山市。何远还不知道，他此次回去，还有麻烦在等着他呢。

19

何远刚一回到南山市，政委胡世民就打来电话，让他迅速去分局一趟。何远原本想回去先看望一下妻子，听到政委召唤，不敢怠慢，急急忙忙赶到胡世民办公室。一进门，他就看见胡世民冷着脸，坐在办公桌后。旁边的沙发上，还坐着两位生面孔的警察，一位年龄稍大一些，有 40 岁左右，一位年龄要小一些，看上去也就二十郎当岁。见到何远，胡世民语气严肃地说："这是咱们市局督察处的两位同志，调查你前段日子在聚贤酒店打人一事，你要毫无隐瞒，老老实实把那天发生的事情向组织说清楚。"

何远闻听此言，头就有点大。他万万没有想到，就在他外出的这段日子里，他被张思贤告了。张思贤告他知法犯法，告他伤害。由于张思贤身份特殊，市局督察处已组织人员，着手调查此事。

政委刚说完，那位年龄稍大的警察开口了："何远同志，希望你能理解我们，也能配合我们。我们也是奉命行事，没办法。"

何远说："你们也是职责所在，我不怪你们。"

"那好，胡政委，我们就不打搅你了，能不能给我们找一个小会议室，让我们和何远同志谈谈。"

胡世民打电话叫来郑重，让把分局的会议室打开，供督察处两位同志使用。

开门见山，何远把那天发生在聚贤酒店的事情，原原本本地向督察处的两位同志进行了陈述。同时，他也把此前发生在金太阳歌厅的打人事件讲述了一遍。那位年轻警察听完他的讲述，瞪大眼睛说："南山市还有这么张狂的人？"

何远抢白道："与张思贤同样张狂的人不止这一个是，你们在机关，哪里能了解？"

那位年龄较大的警察说："何所长，我们知道你委屈，但你确实把人打伤了，这也是事实。"

"我这也算是正当防卫，如果那天我不眼疾手快一点儿，受伤的可能就是我，我就可能是第二个赵跃进。"

"情况确实如此，但调查报告还得如实写。"年龄大点的警察说，"不过，你放心，我们会把你当时所受到的威胁、攻击，写得充分一点。"

"你们也不要为难，就如实写，其实我当时的想法是，宁愿背一个处分，也要把这个混混好好修理一顿。"

谈话大约持续了不到一小时。和两位督察分手后，何远先去了一趟杜平办公室，杜局长不在。他转身去了郑重办公室，一进门，郑重就关切地问道："还没有回家吧？其他事不说了，先回家看看媳妇，我觉得王春红的气色不大好，你还是陪她到医院好好做个检查吧！"

何远一屁股坐到沙发上，疲惫地说："你先让我喝口水，喘口气再说！"

郑重连忙给他倒上一杯水，放到茶几上说："是不是张思贤那档子事？我已跟杜局汇报过，杜局知道。你就放心吧，说破天，咱们那也叫正当防卫。还反了他了，一而再再而三地袭警！"

"你不用安慰我，让他告去，大不了这身衣服不穿了。但下次遇到这样的社会祸害，我照样还会修理！"何远边喝水边说。

"你没有思想包袱就好，喝完水赶快回去吧，回去看看王春红！"郑重催促道。

"好吧！"何远说，"你也多保重。"出了分局大门，何远以为妻子还在家里休息，也没有打电话，便急急忙忙地赶到家里，待他打开门才发现，妻子并未在家里。莫非妻子住院了？没有听郑重说呀。如果是那样的话，不说儿子，恐怕郑重和兰波也早给他打电话了。这样一想，他的惶急的心才稍稍安静下来。他拿出手机，给王春红打了一个电话，电话通了，电话里，妻子惊喜地问道："你回来啦？"

一听到王春红欢快的声音，他的心才彻底放下了，一问之下，果然妻子在幼儿园里。他关切地问妻子身体咋样，妻子说："好着呢！几天前又去了一趟医院，医生检查了一下，没有啥大问题，是老胃病，医生让住院治疗。我问不住院行吗？医生说如果工作实在太忙，不住院也行，但需吃药，我就拿了一些药，先回来上班了。你知道的，除了上班，还得照顾咱小龙呢！"

何远说："让你受累了。下班回家后，我好好犒劳一下你。"

王春红说："说话算数，可别到时候又跑了！"

"这次一定！"何远说，不知咋的，他的鼻子无端地有点发酸。

狗蛋这几年确实没有在南山市白混，经过几年的历练，他对南山市已越来越熟悉，人也越来越变得自信。尽管他是一个收废品的，可眼下行走在南山市的大街小巷里，已没有了最初出来时的惊慌和卑微。时令已是初冬了，街道两边树上的叶子已开始变黄、陨落；夏日里和初秋时节，没死没活鸣叫的知了，也没有了声息。狗蛋吸了吸鼻子，在心中暗忖道：看来，天气真的是变凉了！如果自己在老家的话，此时秋庄稼收割完，已种上了冬小麦，且小麦已出苗了。一想到家乡，一想到满地碧绿的麦苗，狗蛋的嘴角就不由自主地漾出一丝笑意。

是一阵汽车喇叭声，把他从遐想中拉回现实的。狗蛋定了定神，把人力三轮车往路边骑了骑。狗蛋尽管眼下还在收破烂，但他已不骑那辆锈迹斑斑的三轮车了，那辆三轮车已去了它该去的地方——垃圾场，他鸟枪换炮，整了一辆崭新的人力三轮车，每天骑着，车前挂一个上书"回收废品"的小木板，缓缓地在大街小巷游转。他也不吆喝，就这么不急不慢地转，遇到卖废品的，他就停下来，捆扎、过秤、付钱，然后继续往下一个目标转悠。他有时也停一停，多在家属院或大杂院的门边，或取下车头上挂着的塑料杯喝口水，或蹲在道沿边抽口烟，总之，是一副懒洋洋的样子。这个初冬的下午，狗蛋就是这么过的。大约下午 4 点半左右吧，他骑着三轮车转悠到了一个名叫百花的小超市边。这个小超市他经常来，这里因为进出货物的原因，常常会产生许多报废的纸箱，超市老板攒着，等攒得差不多了，会隔三岔五地卖给他。狗蛋拣超市门口边一处空地把车停住，然后下车，坐到马路道沿上，取出一支烟，用打火机打着，一边来回卖着眼，一边有滋有味地抽着。他才不急呢，他有的是时间。超市老板如果有废品要卖，过个一二十分钟，肯定会出来的。如果无东西可卖，老板也会出来和他打个招呼的，老板厚道，他也厚道，他们已成了熟人。但他这次没有等来老板，却意外地等来了一次盗窃案。

狗蛋百无聊赖地抽着烟，无意间把目光向远处瞄了瞄，这一瞄不打紧，他惊讶地看见，一个穿着黄色夹克的小伙子，趁无人注意，忽然不知道从哪里冒出来，扛了停在路边的一辆电动自行车，一路小跑着，躲进了路边的小树林。他的第一反应是，这个窃贼也太胆大了，竟然在光天化日之下进行偷窃；他的第二个反应是，这贼也太笨了点。一般偷车贼要不了一分钟，即可将车锁打开，然后骑上车，快速逃离。哪有似这般呆贼，连车带锁扛了跑的，如果遇到人，一看不就是个贼，这样身份不就暴露了吗？也不知道被偷的人发现自己的电动车丢了，心里会有多急呢。不行，我得给派出所打个电话报警，就说百花超市门前发生了盗窃案。也是和朝阳路派出所多打了几次交道，他居然和所里的一些民警混熟了。电话打给王建军，王建军说他在外面，离派出所较远，一时半会儿回不去。王建军把所里的值班电话说了，让狗蛋赶快打给所里值班室。狗蛋一打，果然通了，他报了警，10多分钟后，就见赵跃进开着车，带着两名辅警，赶到了百花超市门口。狗蛋认识赵跃进，见他来了，就迎了上去，并说明了情况。随后，狗蛋就领了赵跃进他们，悄悄地摸进了小树林。还好，那个偷车贼还在，这么长时间了，他还没有把车锁撬开，还正在用一块石头费劲地砸锁呢。赵跃进使了一个眼色，两个辅警就悄然散开，从几个方向向窃贼包抄过去。

砸着砸着，窃贼似乎听到了周围有动静，他左右一瞅，忽然发现了赵跃进他们，便丢了石头，起身向树林南面窜出。在这个方向实施包抄的一名辅警斜刺里一扑，就把窃贼扑倒了。赵跃进和另外一名辅警也赶过来，给在地上来回挣扎的小偷，戴上了手铐。狗蛋也赶了过来，他发现窃贼年龄不大，也就二十三四岁的样子，浑身颤抖着，双眼充满了惊恐。年轻窃贼被押解到了出警车边，连同那辆赃车，一同被警车带走了。警车临开走的那一刻，赵跃进还把手伸出窗外，没忘和狗蛋打个招呼。

看热闹的人散去，狗蛋也从这一意外事件中醒转过来，他开始往自己的三轮车跟前走，去继续他的营生。但让他吃惊的是，他的崭新的人力三轮车居然不见了。狗蛋逡巡了一下四周，哪有三轮车的影子，他的脸顿时露出一副哭相。

好在这只是虚惊一场，原来就在狗蛋带着民警到小树林里抓窃贼的时候，超市老板出来了，他认识狗蛋的车，喊了半天狗蛋，见无人应，怕三轮车未锁放在外面出意外，就让超市的营业员，把三轮车推到超市后院里，暂时保管起来了。这一切，狗蛋当然不知道了。三轮车失而复得，狗蛋的心里乐开了花，原来哭丧着的脸，瞬间就变作了阳光灿烂。他一激动，还顺嘴哼起了家乡过去年月里的一段小调：

"姐家门前一树梨，

看到看到白了皮，

伸手上前摘一个，

姐在房中笑嘻嘻，

热人吃不得冷东西。"

哼着哼着，不知怎么的，狗蛋就想起了小芳。有一个礼拜没见了吧，也不知道小芳妹妹怎么样了？

20

　　一大早，何远就赶到城南分局和郑重会合，他们要遵照杜平局长的吩咐，一同前往贺家村，把麻六落网的消息告知老黏夫妇，让老两口高兴高兴，顺便也询问一下，看老黏家里还需要什么帮助。何远和郑重开车出了分局大门后，看看时间，已到了9点多，就去了一家华润万家超市，在那里买了一些营养品和水果，就急急忙忙向贺家村去了。不急不行，他们知道，老黏中午要赶往皇都医院，给儿子小宝送饭。去晚了，弄不好老黏就出门了。他们赶10：20就到了贺家村，还好，老黏还没有出门，老黏家的门虚掩着。何远用手敲了敲门，没有动静，以为自己力气用小了，又使劲敲了敲，这下，屋内有了响动，就听到一个苍老的声音说道："谁呀？门开着，要进就进来吧！"

　　"大爷大妈，是我们，城南分局的何远和郑重，来看望您二老！"何远说，就和郑重进了门。两人进了屋，不由愣在了那里。他们看见，老黏正点了一炷香，往摆在客厅里一张供桌上的香炉里插，香炉后面有一张照片，那正是老黏的儿子大毛的照片。而老黏的老伴，正坐在旁边的一张椅子上抹泪。

"大爷，这到底是咋回事？难道……"何远问。

"谢谢你们来看我，这么些年，给你们添了不少的麻烦。从今往后，再，再……再也不会给你们添烦了。"老黏说着，竟然呜呜地哭了起来，大颗大颗浑浊的眼泪，从眼中喷涌而出。

"大爷，你莫这样，有啥伤心的事可以给我们说。是不是大毛他……"何远放下手中拎着的东西，抢上一步，扶住浑身颤动的老黏，焦急地询问。

"大毛，他他……他不在了，是昨晚后半夜的事。"老黏说，"天啦，这可让我们以后咋活呀？"

何远一听，头"嗡——"的一声，就懵了。他觉得自己还是来晚了，没有及时把麻六落网的消息告知老黏和大毛。也许早早告诉了他们，他们还会在心里乐呵一阵子呢。也是这几天杂七杂八的事情多，忙昏了头，要不然，不等局长吩咐，他早就来了，何至于弄到今天的尴尬地步。何远不由在心里暗自责备着自己。

在何远和郑重地一再追问下，老黏才告诉他们，大毛是死于肾衰竭。

何远打电话把大毛死亡的消息告诉了杜平，电话那边，杜平也是沉默了足足有两三分钟才说："老黏儿子的事，我们确实没有做好啊！如果我们有钱的话，大毛也许不会死。"

"都是我工作做得不好！"何远检讨着。

·

"你已经尽力了，不能怪你！哦，对了，看看你们所里能挤出一点钱吗，如能挤出，救济一下老黏吧，也算是我们的一点心意。还有，大毛的丧事，你们要能帮上忙的话，也尽量帮帮老黏。"

"好的！"何远答应着，请示道，"麻六被抓获的事还告诉老黏吗？"

"我的意思，还是告诉他们吧。尽管这个结果来的有一些迟，但对老黏夫妇还是一种安慰。"

"好吧！"何远答应着，挂断了电话。

何远把麻六落网的事说了，老黏说："尽管儿子走了，但我还得替儿子说，谢谢你们！"

何远和郑重恭恭敬敬地走到灵桌前，给大毛上了一炷香，鞠了三个躬，又安慰了一会儿老黏，转达了杜平的问候，然后告辞。出得门来，两人谁也不说话，都觉得心中像是打翻了五味瓶，不是滋味。

对偷车贼的审讯工作进展的很顺利，审讯结束时，还不到晚上 8 点钟。据偷车贼供述，他叫马小峰。甘肃静宁县人，今年 23 岁。一周前，他带着妻子和刚刚一岁的孩子来到南山市，投奔他的一位堂哥，希望经过他的介绍，能在南山市找上一份工作，打打工，也好养家糊口。但等他们千辛万苦地找到堂哥的居住地时，没想到堂哥已离开南山市，到另外一座城市打工去了。他们来的时候带的钱少，很快就花完了，和堂哥联系不上，在南山市又举目无亲，大人和孩子已饿了两天了，孩子饿得直哭，实在没有办法，才想到了偷窃。

听完偷车贼的供述，负责审讯工作的赵跃进不相信，为了看个究竟，他给马小峰戴上手铐，和另外两名民警押着马小峰，前往案犯的暂住地，进行进一步的侦查。七拐八拐的，开车足足跑了 10 多分钟，他们才来到了围墙巷里的一家私人小旅馆。

这家小旅馆只有两层，一看就是民居改造的，仅有七八间客房，设施简陋，每间客房每天收费只有 80 元，这在偌大的南山市里，也算是很便宜的。

马小峰没有说谎，赵跃进他们刚到二楼的楼梯口，就听到了婴儿的哭声。顺着孩子哭声传来的方向，马小峰带民警来到了一间房的门口。赵跃进敲门，里面传来一个女子的声音："谁呀？"马小峰答应了一声，门便开了。见一下子来了这么多警察，年轻女子吓得一哆嗦，往后退了一步，惊得张大了嘴巴。赵跃进亮明了身份，借着昏暗的灯光，他看到，这间客房内，除了一张简易床和一张桌子外，再无别物。而孩子则在床上一个劲地哭泣，孩子的旁边扔着一个奶瓶，里面空空如也，没有一滴奶水。见丈夫戴着手铐，女子惊慌地问怎么了，马小峰则低头不语。赵跃进把马小峰偷窃被抓获的情况对女子说了，女子忽然"扑通——"一声，跪到了赵跃进面前，边呜呜地哭着边说：

"求求你们放了他吧，他是个老实人，从来没有偷过人的。这次偷人，也是孩子饿得实在没办法了，孩子已两天没喝过奶了。呜呜呜——"。

女子哭，孩子哭，赵跃进的心瞬间乱了。从警近二十年，他还没有遇到过这么棘手的案子。他让另外两名民警控制住马小峰，自己则出了宾馆，给何远打了一个电话，把这边的情况简单做了汇报。何远问明了地址说："你们先在那里待着，我一会儿就到！"

赵跃进答应着，就挂了电话。他刚转身要回宾馆，不料，手机又响了起来，他低头一看，是何远的，忙接了问道："领导，还有啥指示？"

"还指示个屁？赶快先去弄点吃的，弄些奶粉，让犯罪嫌疑人一家先垫垫肚子，整天讲人性化执法，一到关键时候就忘啦！"

赵跃进用左手一拍脑袋说："瞧我这猪脑子，咋把这茬给忘了。领导就是领导，还是领导政策水平高。"

"别贫了，快去办正事！"何远催促道。

赵跃进答应了一声，就颠颠地去了。他到附近的一家小商店买了些方便面、面包、饼干，还买了一包婴幼儿奶粉，就又快速地回到宾馆。一进房间，他看到那女子还在地上跪着，他吓了一跳，赶紧说："你咋还不起来？快起来快起来，有事说事，可不许跪着。"说着，他把手中拎着的东西放到桌子上，说："快去先给孩子喂点吃的！"见有了吃的。女子一双泪眼中立刻放出了光芒，她边口中道着谢，边奔到桌前，快速撕开奶粉包装，给奶瓶中倒上一些奶粉，用开水冲了，盖上盖子，跑到了房间外的水龙头边。就听水龙头一阵哗哗地响，一两分钟的样子，女子又风一样地冲进房间，俯身到床边，方才还在啼哭的婴儿，霎时就不哭了，只听到一阵很响的吮吸奶水的声音。赵跃进这才明白过来，女子当时跑到水管边的原因，她是怕奶水太热，烫着了孩子。赵跃进心酸了一下，瞥了一眼马小峰，对身边的民警说："给他也吃些！"

也就十几分钟的样子，何远已开车到了宾馆，进了房间。看了犯罪嫌疑人一家的情况，何远也有点发愁，把犯罪嫌疑人关了吧，这家人以后的生活怎么办？放了吧，又与法律相悖。左右为难了好长一段时间，他最终还是决定，先把犯罪嫌疑人带回所里，研究后再决定。他摸了摸自己的口袋，只有700元钱，又把赵跃进拉到门外，问赵跃进带钱了吗，回答说带了。何远便又向赵跃进要了300元，凑够1000元，回到房间。何远把钱递给马小峰的妻子说："我们的一点心意，你和孩子先救个急吧。"

"至于他，我们还得带回去审查！"何远一指马小峰说。

女子还想说什么，何远阻止道："就这样吧！"说着，便示意赵跃进和另外两名民警，押了马小峰下楼。还没有走到楼梯口，何远就听到屋内女子很响的哭泣声，他只是迟疑了一下，还是硬着心肠，脚步不停地下了楼。

在对窃贼马小峰的处理问题上，何远和王力的意见完全相左。何远认为马小峰所盗窃的电动自行车就是新买的，也不过 2000 元，何况车子已骑了两三年，成了旧的，最多也就值个千把元左右。念其是初犯，盗窃也是事出有因，应该从轻处理，主张对其进行治安拘留，批评教育一下，予以释放。王力则主张对马小峰应按法律规定进行处理，法律规定盗窃两千元以上的财物，可以追究盗窃人的刑事责任，马小峰所盗窃的电动自行车购买时价值 2200 元，有失主的发票为证，其盗窃价值完全符合追刑标准，应对其进行刑拘，然后移送司法机关处理。

"我们应该从实际出发，不能死抱住法律条文不放。我们更应该慎重，也许因为我们的一个不当决定，就会毁了一个人的一生，毁了一个家庭的幸福。"在派出所所务会上，何远坚持着自己的意见。

"我不同意，是咋回事就是咋回事，执法一定要有刚性，只有这样，才能震慑犯罪。"王力也固执地说。

"我们是要讲刚性执法，但也得讲一下人性化执法，具体到马小峰盗窃案上，我以为，这个执法的尺度还是有伸缩余地的。"

"怎么伸缩？难道放了犯罪嫌疑人就叫伸缩？"

"我不是这意思，我的意思是，具体案件应具体处理，应灵活一点儿。"

"我保留我的意见！"

何远和王力争执不下，最后，还是一位副所长提出了一个折中的方案，即把马小峰的材料如实上报分局法制科，让上级职能部门裁决。

结束了所务会，结束了和王力的争吵，何远不知咋的，他的耳边隐隐的总回响着马小峰妻子的哭泣声，眼前总映现出马小峰惊惧的面孔，是对犯罪嫌疑人的同情吗？似乎是，又似乎不是，连他自己也说不清楚。何远也算是一个老警察了，这么多年来，经过他手里的案子，何至于上百起，但没有一起像今天这样让他纠结的。他的心里矛盾着，但还是拿起了办公桌上的电话，给分局法制科的邢科长打了一个电话，谈了他的疑惑，当然也谈了他的想法。邢科长说，这事儿说难也难，说简单也简单，你们到有关部门去给赃物作个价，按作价来确定打击处理的尺度，够上刑拘条件的刑拘，够上治安拘留的治安拘留，这不就了结了吗。一句话提醒梦中人，他连忙找来赵跃进，让其去联系相关部门，迅速办理此事。眼见赵跃进急匆匆地走了，他才如释重负似地松了一口气。

赵跃进办事还算麻利，也就吃午饭的当口，他已完成了对电动自行车的作价工作，马小峰所盗窃的电动自行车目前价值仅为800元。听完赵跃进的汇报，何远的心才算彻底放下。趁中午在所里灶上吃饭的时候，他把这一结果也告诉了王力，王力不冷不热地说："那就按你们作价的情况组织材料，上报分局。"

马小峰盗窃案，最终按治安拘留处理，拘留一周，罚款 5000 元。鉴于其经济拮据，没有缴纳罚款的能力，后来只对其治安拘留了一周，批评教育后释放。

也算是好事做到底吧，何远在马小峰释放后，还安排人去长途汽车站，专门购买了两张南山市去静宁的汽车票，送给马小峰夫妇，劝其早日归家。拿着车票，拉着送票民警的手，马小峰泣不成声，他一再表示回家后一定好好做人，他说他今辈子也忘不了南山市，忘不了何远、赵跃进等民警对他们一家的恩情。

21

正所谓，福无双至，祸不单行。11 月 26 日晚，城南分局辖区内，又发生了一起麻醉抢劫案。受害人系两位坐台小姐。警方接到受害人的报案后，迅速展开调查。据受害人讲，当天晚上，有两男一女三位客人去歌厅唱歌，奇怪的是，他们明明带有一名女客人，两位男客人还是跟歌厅领班说了，要了两位坐台小姐来陪侍。有小姐，有美酒，两位男客人玩得很开心；那位女客人对两位男客人的疯闹，似乎也不太在意，也玩得很开心，她一会儿唱歌，一会儿给同伴倒酒倒茶，对两位小姐也妹长妹短的，照顾得很好。

韶光易逝，转眼间，已到了次日凌晨一点钟，看着两位小姐连打哈欠，那位女客人对两位同伴说："今晚就唱到这里吧，我饿了，出去吃夜市。"两位男客人同意，于是，喊来领班买了单，又付了小姐的台费。两位小姐正准备告辞，不想，女客人却开口了："两位妹妹和我很投缘，反正你们也下班了，没事了，走，和我们一起到门口去吃夜市，还可以再聊聊。"

这种情况，以前两位小姐也曾多次遇到过，她们也没有多想，只略略推辞了一下，就答应了。他们商量好了，等两位小姐换完衣服后，在歌厅大门口碰面。这样，三位客人就先下了楼。

一刻钟后，两位小姐也背着包一拧一拧地出来了，五个人说笑着，离开了歌厅门口。大约走了20分钟的样子，他们来到了南新街夜市。这是本市一处固定的露天夜市，摊点多，吃饭的人也多，尽管已是后半夜了，但夜市上依然是灯火通明，食客如云。女客人拉着两位小姐的手，亲热地问她们想吃啥，其中的一位小姐说，就吃点烤肉吧，于是，他们就坐到了一家烤肉摊上。他们点了一些烤肉，还点了一些凉菜，就有滋有味地开吃了。吃着吃着，那位女客人突然问两位小姐道："哦，对了，两位妹妹想喝点啥？"还未等小姐回答，其中的一位男士说："差点忘了，我包里还有罐装可乐，拿出来大家喝吧，省得再买。"说着，就弯下身子，在身后的挎包里掏摸起来，果然，就掏出来了三罐可乐。他说："就剩三罐了，你们三个女的一人一罐，我俩喝啤酒。"说着，喊来烤肉摊老板，要了半打啤酒。

"但不知咋搞的，我喝完了可乐，功夫不大，就有些犯迷糊，恍恍惚惚的记得，他们对烤肉摊老板说我喝多了，就结了账，搀扶着我离开了夜市。等我一觉醒来，发现自己睡在宾馆里，我的那位妹妹，也睡在宾馆的床上，我们的包虽然还在床头柜上，但钱包和手机却都不见了。我们这才意识到，我们昨晚遇到坏人了。"

这次抢劫案尽管不在朝阳路派出所辖区内，但鉴于和"9·3"案性质相同，杜平还是指示张雷、何远接手此案。警方根据两位小姐的陈述，随后到宾馆和南新街夜市进行了走访。

宾馆前台服务员说，昨晚2：30左右，她们宾馆来了五位客人，两男三女，其中两个女的，显然喝多了，被人搀扶着，摇摇晃晃，一副神志不清的样子。他们说要一间房子，让两位喝多了的女伴休息一下。"我看他们有身份证，也就没有多想，给他们登记了宾馆三楼的一间标间，他们上去后，大约过了20多分钟，两男一女就下了楼，其中那位女的临离开时，还特意到服务台前跟我打了一个招呼，说等他们的女伴醒来后告诉一声，就说他们先走了。哦，忘记告诉你们了，那三个人的年龄大约都在二十七八岁，口音好像不是咱们这一带的，有点像四川口音。"民警对犯罪嫌疑人入住宾馆时所用的那张身份证也进行了调查，又是一张假身份证。

在对南新街夜市烤肉摊的走访过程中，警方有了意外的收获，他们从烤肉摊边的垃圾箱中寻找到了那三个空易拉罐。经过鉴定，其中两个易拉罐的残液中含有三唑仑成分。而易拉罐的底部则有一个小小的针孔，不过用石蜡和透明胶带封堵住了，一般人不用心看，根本发现不了。很显然，犯罪嫌疑人就是用针管从这个地方将三唑仑注入可乐里的。

根据民警的初步走访调查，何远和张雷召集专案组民警开了一次会，对案情进行了研判，大家认为，从作案的手法上来看，此案似乎和"9·3"案异常相似，不能排除是一伙人所为。如果真是"9·3"案案犯所为，那么刘鸣放呢？他是同案犯呢，还是像他所说的那样，他根本就没有作案？专案组民警都在苦苦地思索着。也许是老天眷顾吧，民警再次调查时获悉，两位小姐被侵害的这家宾馆一楼大厅里有监控录像。民警遂调看了事发当晚的监控录像，尽管设备老旧，但录像成像还行，三位犯罪嫌疑人的形象还是看得比较清楚的，尤其是那位女犯罪嫌疑人，眉眼很清晰，大眼，圆脸，身材微胖。警方据此进行了比对，通过公安网，很快就锁定了女犯罪嫌疑人。

犯罪嫌疑人艾美丽，女，28岁，四川省剑阁县普安镇嘴子村人，已婚。依据这一信息，"9·3"专案组决定兵分两路，一路由张雷带队，对犯罪嫌疑人的踪迹在全市范围内进行摸排。一组由何远带队，前往剑阁普安镇，对艾美丽实施抓捕。专案组分析，艾美丽得手后，为了逃避打击，极有可能已潜回老家躲藏。事不宜迟，何远向局长杜平汇报过后，案发第二天的晚上，就带了王建军、赵跃进、张明等八九个人，开了两部车，连夜向剑阁进发。

南山市位于秦岭的北麓，剑阁隐藏在巴山之中，要前往剑阁，需翻越逶迤险峻的秦岭山脉。当年，唐代大诗人李白曾一骑一童，腰悬长剑，由川入秦，走的便是这一条剑阁古道。诗人途经剑阁，望着鸟飞不过的崇山峻岭，望着迂曲回旋的剑阁古道，太息再三，一时诗兴大发，写就了脍炙人口的千古名篇《蜀道难》。在诗中，诗人曾这样写道："连峰去天不盈尺，枯松倒挂倚绝壁。飞湍瀑流争喧豗，砯崖转石万壑雷。其险也如此，嗟尔远道之人胡为乎来哉！剑阁峥嵘而崔嵬，一夫当关，万夫莫开。"时代进入到今天，从南山市通往剑阁的道路，虽然已大有改观，远非李白时代的崎岖，但除了路面加宽外，道路之迂曲险峻，依然如故。何远他们行进在这样的道路上，又是夜间，其行车之难可以想见。好在赵跃进等人都是开车的好手，再加上心里急，尽管道路难走，他们还是大开着车灯，凭着娴熟的车技，一路飞驰，一座座山峰，一条条河流，不断地被他们甩在车后，大约400公里的山路，他们仅仅用了8个多小时，就赶到了普安镇。而此时，还不到凌晨的4点多，普安镇还沉浸在香甜的梦中。为了不打草惊蛇，何远他们没有贸然行动，而是先找了一家宾馆，让大家稍事休息，养养精神，一俟天亮，即展开行动。

　　说话间，天就亮了。简单吃了点东西，何远让抓捕组队员暂时先在宾馆待着，自己则带了王建军，开车前往普安镇派出所，和当地警方进行接洽。见庙烧香，没有当地警方的支持，人生地不熟的，不要说抓人，要找个人都不容易。一路开着车，何远心中就有些惊诧，这普安镇虽说叫镇子，原来和一个县城大小也没有两样，不仅高楼林立，道路宽阔，商铺众多，连人也如过江之鲫，坐车的，挑担的，走路的，塞满了大街小巷。何远的车子多次被堵住，急得他直按喇叭，但也无济于事。走走停停的，行进了约莫半个小时，何远和王建军才边走边问的，来到了普安镇派出所。到所里一说情况，所长姓李，人很热情，连说欢迎。李所长说，你们要去的嘴子村还远着哪，离这儿少说也有五六十里，那是一个小山村。何远忙问，咋这样远？李所长说，你们以前没有来过我们普安镇吧，普安虽说叫镇子，过去可是剑阁县的县城所在地，镇大人多。闻听此言，何远恍然，怪道普安镇这么繁华呢。

　　李所长对何远说：“天下公安是一家，你们办案子既然来到了我们这里，我们理当配合，说吧，让我们怎么做？”

　　“谢谢李所长支持！那我们就不客气了，”何远说，“让你们管片民警带着我们的人，先到嘴子村侦查一下，探探底，看艾美丽在不在家。在的话，就随手抓了，不在的话，看能否从家人口中探出一些线索，今后也好抓捕。”

"行。"李所长爽快答应。

"得找个方法，不然，十几号人呼啦一下拥进村里，如果犯罪嫌疑人在村里的话，早就惊跑了。"何远说。

"说得不错。我倒是有个主意，眼看冬天就要来了，每年入冬前，我们都要进山，挨村挨户进行防火知识宣传，你们就以此为借口去嘴子村，这样也不会引起人们的注意。"李所长说，"不过，人还是有些多。"

"无妨，我们进村只去两三个人，其余人隐蔽起来，在村口接应。"何远说。

事情就这样商定了。和李所长告别后，何远就带着专案组民警，在片警地引领下，驱车赶往嘴子村。虽然一夜几乎未眠，但大伙儿却毫无倦意，一路上，边欣赏外面的风景，边随意的说笑着。三部车子在山路上盘盘旋旋的，一个多小时后，就到了嘴子村。距村庄还有一里多，片警就让停车，他对何远说："何所长，转过面前这个小山包就是嘴子村了，再往前走容易暴露目标，我的意见，就让大家在此待命。"

何远颔首。这样，大伙儿就下了车。按照事先的部署，其余人留下，何远只带了王建军和刑警队的一名民警，在片警地引领下，乘车去了嘴子村。车子刚到村口，就引来了一片狗叫声，还有几位老人，领了孙子，在家门口张望。片警忙招呼大家下了车，把车停在一户人家院墙外，然后步行进村。走到一位约莫60多岁的老大爷跟前，片警客气地说："大爷，您好！我们是做山火预防宣传的，和您打听一下，请问村主任家住在哪里？"

老人上下打量了片警一会儿，用手向北一指说："往前直走，右拐第一条巷子，家门前有一棵大柏树，那就是村主任家。"

"谢谢您！"片警说，"再问您老一声，艾美丽家在哪里？有人托我给她捎了点东西，得当面交给她。"

老人闻言，迟疑了足有半分钟，终于没有开口。

"我是咱们普安镇派出所的小刘，是负责咱们村的片警，"见老人不语，片警更加态度诚恳地说，"我们找艾美丽真的有事！"

老人一仰脖子，说："那就是艾美丽的家，她公公婆婆在门口站着呢，还有他们的孙子。"

何远顺着老人下巴所示方向望去，果然看见五十米开外，有两位老人带着一位五六岁大小的孩子，在向他们这里张望呢。何远在心里暗叫一声，原来他们已到了艾美丽的家门口，还在这里瞎问呢。他随机舍下老人，大步向艾美丽家奔去。见一群人向自己家走来，艾美丽的公婆带了孙子，就要往回走，却被紧急赶到的何远喝住。何远亮明身份，命令二人不许乱动，然后示意王建军他们进屋去搜查。也就一根烟的功夫，王建军他们出来了，摇摇头。何远会意，随机对艾美丽的公婆进行询问。

"艾美丽呢？"何远问。

艾美丽的公婆你望望我，我望望你，谁也不说话。

"你们没听见我说话吗？艾美丽人呢？"何远提高声音问。话出口如遇到了棉花，被软软地吸收了，依然听不到艾美丽公婆的回答。他们的孙子倒是不认生，转动着一双骨碌碌地大眼睛，来来回回地打量着这些陌生人。

正胶着着，从远处跑来一个人，人还未到跟前，就嚷嚷道："警察同志，啥事？"

片警对何远说："村主任来了。"

果然，村主任一眼瞥见了片警小刘，连连埋怨道："我说小刘啊。咋到了家门口，也不上我那里坐坐？"

小刘忙赔着笑脸说："公务忙，还未来得及拜访你呢。"说着，便把村主任向何远等做了引见。何远趁机瞥了一眼村主任，也就一个 50 岁上下的中年人，个儿不高，也许是平日烟抽多了，一口牙黑黄黑黄，一张口，一股烟草气。小刘把村主任拉到一边，招呼何远也过来，悄声向村主任说明了来意。

村主任听了，惊得嘴巴张开半天合不拢。待缓过神来，他对何远、小刘说："你们可能还不知道，艾美丽可是一个苦命的女人。艾美丽是我们邻村人，她 21 岁嫁到我们村上，可以说没享过一天福。她的丈夫福宝是一个吃喝玩乐，不务正业的主儿，不但嗜赌成性，还贪杯，爱喝酒，一喝醉就对艾美丽拳打脚踢。艾美丽实在忍受不了，还喝过两次农药寻短见，结果都被救下来了。六年前的一个夏天的深夜，艾美丽在遭到丈夫又一次毒打后，趁丈夫喝醉，撇下不到半岁的儿子，离家出走了。又过了两年，福宝一次去邻村喝酒，酒醉后一个人夜间回家，一脚踏空，从山路上滚到了山沟里。当时是冬天，等路人发现时，已冻死了。福宝死后，艾美丽先后回过几次村，回来看看儿子，给公婆留点钱，但并不久住，一般也就待上个两三天，最长的一次，好像待了半个月，就又外出了。听说在外面打工，也不知道在那座城市。这可怜的女人，咋就干上这蠢事呢！你们是不是弄错了？"

何远不接村主任的话，直截了当地问："你是村主任，你掌握的情况多，艾美丽这一两天到底回来过没有？"

"我是真的没见，也许晚上回来过也说不准，这得问她公公婆婆。"村主任说，便带着他们来到了艾美丽公婆面前。

村主任说："二哥二嫂，美丽这一两天回来过没有？警察有事情要找她问话。"

老两口摇头。

"真的没回来过？"村主任追问。

还是摇头。

何远突然冲着艾美丽的孩子笑了笑，开口问道："小朋友，告诉叔叔，这两天见你妈妈了吗？"

孩子迟疑了一下，开口说："见……"话还未说完，就被他爷爷一巴掌打了回去："我让你胡说！"

孩子哇的一声哭了，边哭边喊："我没有胡说，妈妈是回来了，呜呜呜——"

　　闻听此言，何远心中一震，他死盯着艾美丽的公婆说："孩子都说了，你们还不想说吗，艾美丽这两天到底回过家没有？"

　　俩人耷拉着脑袋，一言不发。

　　何远再问，还是没有结果。最后，还是在村主任地劝说下，艾美丽公公才终于开口，他说："我也不想隐瞒啥，艾美丽昨晚是回来过，但人已连夜走了，至于去了啥地方，我也说不清楚。"

　　看看再也问不出什么，何远向艾美丽的公公婆婆交代了政策，指出窝藏犯罪嫌疑人是要负法律责任的。之后，谢了村主任，便随片警出村，和在村外待命的民警会合。大家聚在一起，商量下一步的行动方案，王建军说："我总觉得艾美丽公婆有些不大对劲，好像没有和我们说实话。"

　　"怎见得？"何远问。

　　"艾美丽的公婆起初死不开口，后来说话时目光很游移，一直不敢正视我们。还有，艾美丽的行动似乎有些太过神速了，这好像也不大符合逻辑。"王建军说。

　　"你是说这么短的时间内，艾美丽根本赶不回来？"何远说。

　　"赶是能赶回来，但她未必这么快就离开村子，说不定在哪里躲藏着呢。艾美丽的孩子不都说了，他妈妈回来过嘛。"王建军说。

何远经过考虑，决定杀个回马枪，晚上再突查一下艾美丽家。他把这一想法和片警说了，片警也觉得这个主意好，有道是，"有枣没枣，先打一棍子再说。"既然已经大老远的来了，也不在乎这一时半会儿。事情就这样定下来了。鉴于在村子附近待着目标太大，何远带人先暂时离开了嘴子村，直接回到了普安镇，他让大伙儿吃饱饭，好好睡一觉，晚上再二进嘴子村。

大伙儿睡觉去了，也许是心中有事吧，躺在宾馆的床上，何远却翻来翻去的，怎么也睡不着。他坐起来，掏出手机，给张雷打了一个电话，通报了这边的情况，又问张雷排查的情况。张雷叹了一口气说："该查的都查了，没有结果。奇怪的很，这几个案犯好像是从南山市蒸发了。"

何远安慰说："莫急，我想案犯总会抓住的。"

"话是这么说，但案犯没有抓住，我们的脸上还是无光呀！"

"是呀，我想我们还得再加把劲，也许我们功夫还没有下到，功夫下到了，案子也就破了。"

俩人又聊了一会儿，何远就收了线。他本想再给妻子王春红打一个电话，嘱她照顾好孩子。转眼一想，这个时候，也许妻子正在给孩子们上课，于是便打消了这一念头。何远重新躺下，强迫自己睡觉，毕竟晚上还有行动，得养足精神。

行动是在后半夜开始的。普安镇派出所李所长很够意思，除片警小刘外，还专门抽调了本所的三名刑警，共同协助何远来完成这次抓捕行动。

大约凌晨3点左右，何远带着十多名民警，分乘三辆车，悄然从普安镇出发了。车子很快出了镇子，开上了山路。车行路上，透过车窗望去，但见一弯残月斜挂西天，给群山涂上一层清冷的月辉。远山黑魆魆的，如走兽如波涛，近山则如巨大的壁垒，让人无端地觉出一种压迫。山路起起伏伏，弯来弯去，车子仿佛行进在黑夜的迷宫里，幸亏有车灯指示，才不至于迷失了方向。也就跑了一个半小时的样子吧，抓捕小分队已来到了嘴子村的村边，何远命令熄灭车灯，简单地做了部署，民警们就三五一组，悄无声息地向艾美丽家摸去。尽管民警们小心翼翼，但还是弄出了轻微的响动，立刻便引来了一村的狗叫声。好在民警们已来到了艾美丽的家门口，也就不用再担心暴露目标了。

何远指挥民警包围了艾美丽的家，然后上前大声叫门。但擂了半天，始终无人应声，也无人开门，唯听到院中的狗，没死没活地叫。见状，何远示意王建军、赵跃进翻墙进入。还没有等王建军他们行动，普安镇派出所的三名刑警带着枪、警棍、手电筒已纵身跃上了墙头，又飞身跃下，就听院中狗一声惨叫，接着一阵门闩响，大门便哗啦一声打开了。何远带人迅速冲入院中。此时，大房中的灯亮了，就见艾美丽的公公披了一件夹袄，站在门中央。

何远也不搭话，把艾美丽的公公一拨拉，便带人斜身进入了房中。艾美丽家也就一个普通的农家小院，三间老瓦房，临大门一间灶房，院子东角一眼老井，除此，就是后院中的两棵柿树和一个简易茅厕。何远他们搜查了一遍，前院后院空无一人。瓦房中间一间没有住人，临后门处竖起一道墙，紧挨墙摆有一张八仙桌和两把椅子，这应该算是客厅吧。东厢房里放着一张床，艾美丽的婆婆披衣坐在床上，怀中搂着孙子，正惊恐地望着他们。而西厢房里，也有一张床，被褥凌乱，似有人躺过一般，但却空无一人。何远伸手到床上一摸，被褥间尚有余温，显然曾有人睡过。

何远目不转睛地盯着艾美丽的公公问道："谁刚在这里躺过？"

艾美丽的公公嗫嚅了半天，才吞吞吐吐地说："是我！"

何远环视着四周，突然发现了床下半露半隐的一双大红色的女式拖鞋，不由心中一紧，他逼视着艾美丽的公公，低声诘问道："这是谁的？"

艾美丽的公公一阵慌乱，勾下脑袋，一言不发。

何远稍作沉思，就果断地命令王建军等人："快，派人搜查东邻西舍。"

闻听此言，刚才还在屋中呆呆发愣的艾美丽的公公，突然像疯了一般，不顾一切地冲出了屋，冲到了院子，而且边冲边喊："美丽，快跑，警察抓你来了！"

就听西隔壁人家一阵门响，几乎同时在外围负责守候的民警喊："有人从后门跑了，快追！"随机，就听到一阵急促的脚步声。

何远他们也跑出了院外，来到了房后，功夫不大，就见三个民警押着一个年轻的女人来到了何远面前，那女人边走还边挣扎着。何远用手电在女人的脸上照了照，和他们所带的照片进行了比对，没错，就是艾美丽！他顿时松了一口气。原来，艾美丽作完案后，果然连夜打车潜回了家中。她回村后，大门不出，村里人谁也不知道她回了家。昨天上午，何远带人进村追捕她时，她一听到狗叫，就警觉起来，连忙窜到后院，顺着墙边的一棵柿树爬上院墙，翻身落地，躲到了东隔壁她丈夫堂叔家，从而躲过了搜捕。她原想着警察已走，就又回到了自己的家。但令她没有想到的是，警察二返身又来了嘴子村，而且还是在夜里。仗着人熟地熟，她三下两下穿好了衣服，在警察擂门期间，她已像一只惊了枪的兔子一样，敏捷地逃到了后院，翻墙逃到了邻家。她原以为这一次也会像上一次一样，化险为夷，谁知却因为一双拖鞋，最终栽到了警察手里。

抓捕工作虽然顺利，但撤离时却遇到了一点小小的麻烦。艾美丽的公公婆婆哭嚷着，抱住警察的腿，说死说活不让把艾美丽带走。村中一些人听到动静，也起床来到了现场，闹哄着不让何远他们带人。最终还是那位牙齿黑黄的村主任来到现场，才算把局面控制住了。在村主任和民警们地一再劝说下，村民才不再起哄，何远他们见状，强行撕扯开艾美丽公婆的手，把艾美丽带出了村。他们已走到了车边，还隐约能听到艾美丽公婆呼天抢地的哭声。何远的心不由就酸了一下，他望了一眼艾美丽，心中喃喃道：多好的姑娘啊，咋就走到了这一步呢？

22

简单的审讯工作在车上已经开始了，何远期望能尽快挖出另外两名麻醉抢劫犯罪嫌疑人的线索，以便全部抓获。但艾美丽自从被擒获后就情绪失控，她一会儿哭闹，撕扯自己的头发，一会儿大骂自己死去的丈夫福宝，一会儿又口中喃喃地念叨着自己的儿子。见状，何远只好暂停审讯工作，他极力安抚艾美丽，好不容易才使其情绪平复下来。

转眼间天就亮了，何远带人回到了普安镇的宾馆，他安排赵跃进和另外一名民警看护好艾美丽，防止其自残。又请普安镇派出所的民警吃了顿饭，表达了一下谢意。送走了普安镇派出所的参战民警，他估摸着杜平局长已起床了，便给杜平打了一个电话，报告了艾美丽落网的事。杜平听到抓获了艾美丽，兴奋异常，他在电话中连夸何远他们干得好，同时勉励他们要乘胜追击，抓获其余犯罪嫌疑人。何远也没忘给张雷打一个电话，把这一消息告知他，好让张雷也高兴一下。忙乱完这一切，何远让吃过早饭的民警替换下赵跃进和另外一名民警，让他们也吃点饭。他还特意交代替换民警给艾美丽也弄些吃的。早饭很快吃完了，何远带人准备返回南山市，但就在民警押解着艾美丽上车的那一刻，她突然哭着请求何远说："警官同志，能不能让我再看一眼我的孩子？"

何远稍作迟疑，便满口答应。

何远说："你的愿望我们可以满足，但你也得配合我们的工作。"

艾美丽不语，只低声抽泣。

何远继续开导说："怎么不说话？你好好考虑一下，为了你，为了你的孩子，你都要戴罪立功，争取宽大处理。你还年轻，前面的路还长着呢。你的孩子还小，还需要你照顾。你说呢？"

见艾美丽依旧一言不发，何远叫来王建军、赵跃进，对二人说："你俩辛苦一下，开车去一趟嘴子村，把艾美丽的公婆和孩子接来，把话对两位老人说清楚，就说艾美丽想见一下孩子。哦，对了，顺道给孩子买些糖果什么的带去。"

二人答应着去了。何远让其余人原地待命，自己则和一名民警在房中看守着艾美丽，他对艾美丽说："你说你年纪轻轻的，咋就走上了这样的路呢？我们了解了一下，知道你家庭不幸，吃了很多苦，但咋说也不能干违法的事呀。

你说说，是谁把你领上这条邪路的。"

艾美丽抽泣着，终于开口了，她说："我的命好苦啊，我今天走到这一步，都是我那死鬼丈夫害的。"

接着，艾美丽就边哭着，边絮絮叨叨地把她受到丈夫折磨的事说了一遍，和嘴子村村主任所说大致相同，无非细节更详尽一些罢了。何远耐心地听着，对面前这个不幸的女人充满了同情。

"说说你丈夫死后，你这些年在外面的一些情况吧。"何远说。

"唉，就别提了，我这几年在外面所遭的罪，说上三天三夜也说不完。"艾美丽一声叹息，这样说道，"最初一两年，我是为了躲避我那死鬼丈夫的作践、毒打，不得已才逃出去的。我先后去过广州、深圳，还在苏州待过一段时间，做过餐厅服务员，发过小广告，最惨的时候还在火车站流浪过，卖过淫。我丈夫福宝死后，按说我该回到嘴子村，重新过正常人的生活，但我的心这几年已经浪荡野了，在村里已安不下心了。处理完我丈夫的后事，我就又外出打工了。这期间，我在苏州认识了一位山西小伙子，我们同居了。我的噩梦，也就是后来走上这条路，可以说完全和他有关。他叫庞远超，山西太原人，和我同龄，今年也是 28 岁。说起来，我们的相识还有一点传奇色彩，四年前秋天的一个下午，我独自一人在苏州河畔溜达，突然一辆小车失去控制冲上了道沿，直接向我冲来，我惊叫一声，就下意识地爬上河堤护栏，不管不顾地跳进了河里。尽管我生活在四川，我们家乡也有河流，但我完全不会游水。我一掉进河里，就脚手胡乱地扑腾起来，连一声'救命！'都没来得及喊出来，就接连喝了几口浑浊的水，觉得自己直往水底沉。我心里想着，这下可完了，肯定要被淹死了。正在我不知所措时，就听到身边'噗通——'一声响，我就感到有人托着我，把我托出了水面。这时，岸上已聚集了很多人，在他们的帮助下，我被湿淋淋地拖上了岸。还好，只是呛了几口水，没有啥大碍。这时，那个跳进河里救我的人，也被众人拉上了岸，我一看，是一个小伙子，虽然头发经水浸泡贴在脸上，但人还长得蛮帅。见我无事，救我的人就慢慢散开了，那个小伙子也要走，鬼使神差的，我叫住了他。其实，我喊住他也没有别的意思，不过是想问一下人家的姓名和地址，也顺便感谢一下人家。人家救了我，我总不能连一句感谢的话都没有。如果那样的话，我不显得太不近人情了？结果一聊，没想到他也是孤身一人外出打工的。他乡飘零，偶然遇见一个和自己境遇相同的人，同命相怜，我们都很高兴。那天分手后，我们互留了联系方式，有事没事的，就常在一块儿聚一下。我那时刚刚失去了丈夫，一个人在外漂泊，感情很空虚，这样，一来二去的，我们很快就好上了。日子一长，我对他的情况也便有了一个大概的了解，我不但知道他的姓名、年龄、住址，还知道他之所以外出，还和拆迁有关系。"

何远示意看押民警给艾美丽倒上一杯水，让她喝点水，再继续说。艾美丽感激地冲何远和民警笑了笑，用戴手铐的手艰难地端起了杯子。见状，何远让民警给艾美丽打开了手铐，说："先给你把手铐摘下吧，一来你喝水方便，二来也免得一会儿你公公婆婆和孩子见了伤心。好，你喝些水继续说吧。"

艾美丽喝完水，放下水杯，继续说道："说起来庞远超也是一个可怜人，他的家庭也很不幸。他家在太原市近郊，这几年全国到处乱拆乱建，搞房地产开发，太原也不例外。庞远超家所在村庄，被一个房地产商看中了，于是地产商勾结地方一些不法官员，用很低廉的价钱，把全村的土地买了下来，这里面当然也包括庞家的五亩耕地。之后的一切都是开发商说了算。但农民不管那一套，祖祖辈辈赖以为生的土地没有了，又没有拿上多少钱，他们当然要闹。村民们开始是封门堵路，禁止开发商进村，后来就和开发商雇来的人打了起来，结果互有死伤，最后还是警方介入，才把事情平息下去。在那次斗殴的过程中，庞远超也参与了打架，他打伤了人，闻听警方四处抓他，他才逃了出来。他可以说是有家归不得。在外流浪，总得生存呀，他除了年轻，有一副好身板，有个好脑瓜外，没有啥技能，加之又好吃懒做，慢慢地，就和也在社会上闯荡的不三不四的人来往上了，结果就干上了用麻醉药骗人钱财的事。"

"你是啥时候开始干这种事的？"

艾美丽沉默了一会儿说："去年春天吧。刚开始干，我很害怕，做过几次之后，变麻木了，也就不害怕了。"

"你们一共有几个人？是三个，还是更多？"

"就三个人，庞远超和我，还有一个叫马彬的。"

"他们现在藏在哪里？"

"我也不知道！"

"你咋会不知道呢？"何远不相信地说。

"我真的不知道。我们做完活后，一般都会很快离开做过活儿的城市，四散躲藏，以防被抓住。"

"那你们怎么联系呢？"

"一般说好一个地方，等躲过风头后，再在那个地方集合。"

"不用电话联系？"

"不用，怕警方监听。"

"你和庞远超如何联系？你们都是那种关系了，难道也不用电话互相联系？"

"联系。但每次都是他联系我，我联系不上他。每次做完活后，他们都要换手机，防止被警方抓住。"

"他们不相信你？"

"谈不上，我想，主要还是从安全方面考虑。"

"那你咋不换手机？难道就不怕我们抓？"

"我朋友少，用手机少，又是个女的，他们觉得没必要。"

"你们在南山市一共做过多少起案子？今年9月3号

那起案子也是你们做的吗？"

"一共有四五次吧。你说哪起案子？"

"今年 9 月 3 号，三斜街小旅馆那起案子。"

"你是说店名叫君再来的那家小旅馆吗？是我们做的。"

"说说你们做那件案子的具体经过。"

"行。我之所以能记住君再来这家小旅馆的名字，是因为这是我们来南山市后所做的第一件活儿。那天我们开了两间房，我和庞远超住一间，马彬住一间，我们入住这家小旅馆后，大约次日凌晨三四点钟的样子，正当我睡得正香的时候，马彬给庞远超打来了电话，接着就敲门进了我们的房间。马彬告诉我们，他烦闷得睡不着觉，刚才在三楼走廊里抽烟的时候，看见一个年轻女子送一个高个子男人出房间，样子鬼鬼祟祟的，肯定不是啥好鸟。现在，男的已经走了，女的一个人在房间，机会绝佳，可以考虑设法做了这个活儿。听完马彬的叙说，庞远超说这个活大概不好做吧，首先是进入不了她的房间，退一步讲，即使进去了，如何哄骗她喝下我们的可乐？马彬说，这都不是事儿，门可以让小艾去叫，只要门开了，她不喝可乐恐怕都由不了她，我们可以强迫她喝下去。事情就这样说定了，后来我们就如法实施，强行逼迫那个女的喝下了两罐可乐，趁其昏迷，我们拿走了女的包中的钱物,总共有六七千块吧。对了，我们还拿走了受害人的银行卡，并逼着她说出了密码，那里面钱也不少，有 6 万多的样子，这些钱我们很快就在银行取款机上取走了，当然了，取钱的时候，我们经过了化妆，银行旁边的监控录像根本看不清我们的真面目。对了，那晚得手后，我们怕被人发现，天刚麻麻亮，我们就借口要赶火车，退了房间，当天就逃离了南山市。后来，待风声过后，我们又潜回南山市，做过两三次活儿。我知道就这么多，已经全告诉你了。"艾美丽说，一副如释重负的样子。

听完艾美丽的供述，何远在心中说，怪道刘鸣放不承认，原来我们真的冤枉了他。

"那个女的死了，你知道吗？"何远说。

艾美丽瞬间睁大了眼睛，显出一副惊恐的模样，急促地说："我不知道！我们只是想弄走她的钱物，并不想害死她，她怎么会死呢？"

"死者是一名坐台小姐，有先天性心脏病，因为你们的惊吓，还因为喝下过量的三唑仑，导致心脏病骤发死亡。"

"天哪！事情咋会发展成这样，那我们不是成了杀人犯了？"艾美丽又哭了起来。

"事已至此，哭又有啥用？你还是想想如何配合我们抓住庞远超、马彬吧，戴罪立功，也好争取今后量刑时能宽大处理吧。"何远说，"你说说马彬的情况吧。"

"马彬是庞远超的伙计，我只知道他是东北人，具体东北啥地方，我也说不清楚。我平时很少和他说话，主要是怕庞远超吃醋。庞远超脾气很暴躁的。"艾美丽说。

"真的吗？"

"真的！都到这份上了，我骗你们干嘛？"

"那好吧。手机保持开机状态，庞远超、马彬来了电话，按我们要求接听，你得好好配合我们。"何远叮咛道。

艾美丽点头。

说话的当口，王建军、赵跃进已接来了艾美丽的公婆和孩子，何远让民警安排艾美丽和他们见了一下面，免不得又是一场悲悲戚戚。尤其是艾美丽和孩子，大人哭孩子哭的，看得一帮办案民警心中也不是滋味。看看时间差不多了，何远让民警强行把艾美丽带离，又在街上雇了一辆出租车，安排把艾美丽公婆和孩子送回。办完这一切，已近中午时分，何远他们连午饭也没有吃，就押解着艾美丽，一路往南山市狂奔。尽管"9·3"案件成功告破，但何远怎么也高兴不起来，两名案犯仍然在逃，让他的心情愈发的沉重。

何远回到南山市不久，就得到了王春红住院的消息。

何远他们是次日凌晨4点多回到南山市的，回来后，他交代值班民警关押好艾美丽，尽快释放掉瘦高个儿刘鸣放后，就在所里休息了。是呀，这一次行动，他是太累了。路途艰辛，抓捕艰辛，让他身心俱疲。他头一挨枕头，就酣然入梦。他梦到了妻子和儿子，梦中的王春红眼含幽怨，在对他凄然地笑。儿子小龙看见他后，则是远远地站着，既不说话，也不愿到他跟前去。他好生奇怪，这到底是怎么了？还没等他想明白，一阵急剧的铃声，把他从梦中惊醒。他睁开眼一看表，都 8：30 了，原来，刚才的那阵铃声是所里每天早晨召开例会时的电铃声。何远在心里暗暗地责备着自己：瞧这场好睡。其实，他并没有睡多长时间，顶多也就四五个小时。何远胡乱地洗漱了一下，便抓起桌上的电话，把此行的情况向杜平做了详细汇报，并简单谈了一下下一步的工作思路，得到了杜平的首肯。他刚放下电话，就接到了妻子所在幼儿园领导的电话，园长告知他，王春红生病住院了。

何远一听就有些发急，他忙问是咋回事。园长说，王春红是昨天下午发病的，发病时她正在给孩子们上课，突然间就口吐鲜血，昏倒在地，不省人事。孩子们见状，全吓得哭了起来，这一哭，其他老师才闻讯赶了过来，并七手八脚地把王老师送到了医院。

王老师到医院后倒是醒了，园长说："我们要把她生病的情况告知您，但王老师不让，她说您在外出差，不方便，怕影响您的工作。还说她无啥大碍，兴许过一阵子就会好的。但王老师今天早上没有来上班，显然病还未好，我们觉得不能瞒着您，就想办法找来了您的电话，把这事告诉您。请您千万原谅，莫怪罪我们。另外，还请您尽快和王老师联系一下，关心一下她的病情。"

何远匆忙道了谢，赶紧给妻子打电话，电话通了，妻子果然在医院，说话有气无力的，让人听了心碎。何远给王力招呼了一声，又给王建军交代了一下案子上的事情，就匆匆赶往皇都医院。到了医院后，何远很快就在住院部找到了妻子，妻子住在普通病房里，一个人静静地躺在病床上，左胳膊上挂着吊瓶，眼睛呆呆地望着天花板，脸色显得很苍白。他叫了一声："春红！"鼻子就不由一酸，眼中差点落下泪来。

听到叫声，王春红一转脸就看到了何远，她挣扎着要坐起来，被何远强行按住。王春红声音微弱地问道："回来了，事情办得咋样？"

何远点头说："案子破了，抓获了一名犯罪嫌疑人。"

"那就好！"王春红说，脸上露出一丝浅浅的笑。

"小龙呢？"

"小龙我昨晚托付给了一位朋友照管，他现在应该正上学吧。"

"你到底咋啦？得的是啥病？"

"放心，没啥大病！"王春红有些勉强地说，"你快去忙你的事吧，我检查一下，住两天院就回来。瞧我这破身体，老给你添麻烦，让你分心费神，实在不好意思。"

"说啥呢！"何远怜爱地用手堵住妻子的口，"以后再不许说这样的话。"

王春红轻轻地点了点头，眼角有泪流出。

恰在此时，有医生推门进来问道："谁是病人的家属？来一下。"

何远答应着，连忙跟出了病房。

医生很年轻，也就三十五六岁的样子，穿着白大褂，戴副眼镜，看上去文质彬彬的。在走廊里，医生注视着何远问道："你是病人什么人？"

"丈夫。怎么了？"

医生望着何远，重重地叹了一口气说："跟我去一趟办公室吧，我有话要对你说。"

何远的心陡然收紧，一丝不祥的预感如潜伏已久的暗流，没有任何预兆，忽然冲了出来，瞬间就淹没了他的心。

关上办公室的门，医生请何远坐下，给他倒上一杯水，才轻轻地说："你要有心理准备，病不太好，我们初步诊断，可能是胃癌。当然，这只是初诊，进一步的确诊，还得等三天后活检结果出来。"

何远一听，头就"嗡——"的一声，像炸开了一般。尽管他刚才已有了不好的预感，但当这种预感真的变成现实时，他还是不愿相信自己的耳朵，不由又问了一遍："大夫，你说我妻子得了啥病？"

医生语气沉重地说："你妻子可能患的是胃癌！"

何远顿时就觉得有些天旋地转，他好不容易才控制住自己的情绪，一把抓住医生的手，急切地说："求求你，大夫！你们一定要救救我的爱人！"

医生同情地说："我们尽力而为吧！"说完，又是一声长长的叹息。

何远不知道自己是如何离开医生办公室的，也不知道
自己将如何面对这突如其来的一切。他眼中含泪，一如木
头人般，机械地，一步一步地往前挪。从医生办公室到楼
外的花坛边，也就一百米的样子，何远感觉自己像是走了
一个世纪，好不容易才挪到。独自站在花坛边，何远真想
大哭一场，真想大声地质问这不可捉摸的命运：老天爷，
你为啥对我如此不公？为啥要如此捉弄我何远？一时间，
他想起了和王春红在一起的点点滴滴，他们的相识相知，
他们的恩爱，他们的聚少离多……一幕幕的情景，如电影
一般，在他的脑中回放，他不由泫然泪下。

　　也不知道在花坛边站了多久，何远好不容易才缓过神
来，他默默地走进卫生间，用冷水洗了一把脸，待自己稍
稍安定下来，这才轻轻地推开了病房的门。

　　"你怎么了？眼睛怎么红红的？是不是医生对你说了
啥？"何远刚一进病房，王春红就发觉他有点不大对劲，
就盯着他问。

　　"我刚到外面花坛边去透了透气，抽了一支烟，弹烟
灰时没小心，让风把烟灰吹进了眼中眯了眼，我揉了揉。
是不是眼睛有点发红？"何远连忙掩饰说，"医生也没有
说啥，就是让再续交些费用。"

　　"原来是这样！你抽烟也不小心点？"王春红嗔怪道。

　　"下次小心！"何远说着，坐到床边，万分爱怜地抚
摸着王春红的脸庞。多日不见，王春红脸色发黄，面庞明

显消瘦了许多。何远心中在滴血，但更多的是感激和愧疚。是啊，这么多年来，都是妻子在用她柔弱的肩膀担负着这个家呀，为了他能全身心地投入工作，妻子的付出太多了，牺牲也太大了。自己作为丈夫，对这个家照顾得太少了。如果命运能眷顾自己，如果妻子的病能好起来，自己一定不能再像过去那样，光顾了工作，而忘记了家庭的责任，忘记了作为男人，作为丈夫的责任，一定要尽力照顾好自己的家，珍爱自己心爱的女人。

王春红静静地躺在病床上，紧闭着眼睛，一任何远轻抚她的脸庞，她的秀发，她感到幸福极了。

而窗外，明丽的阳光正如瀑布，哗啦啦倾泻向大地。房屋、草木上流光溢彩，让人心醉。

23

兰波此刻的心情无比的好，她正开车从咸宁区往市区回返，尽管天气阴冷，初冬的寒风已有些发凉，可她还是降下了车窗玻璃，一任冷风吹拂着她的面颊。令兰波高兴的事不是别的，而是她刚刚捕捉到了一条绝好新闻线索。也就在一个多小时前吧，她在咸宁区法院采访时，无意间碰到了咸宁区公安局局长冯远，此前，因为采访的关系，他们早就认识。兰波主动和对方打招呼："冯局，到法院有何贵干呀？"没想到，冯远苦着脸说："我们分局被告了，这不，我来应诉嘛。"

兰波一听就乐了，她以为冯远在和她开玩笑，于是，便也嬉笑着说："我的大局长呀，再别蒙我了，也不看看你们是啥衙门，谁吃了豹子胆，敢告你们呀。"

冯远说："不和你开玩笑，我们局真的被人告下了。"

兰波一听，好奇心陡增，她连忙问道："这到底是咋回事，能方便告诉我吗？"

冯远无奈地说："都被人告了，还有啥不能告诉你的。"于是，便三言两语的把事情说了。

原来，公安咸宁分局遇上了一件奇事。就在 20 天前，该局一个派出所接到辖区一户村民报案，称他家果园里的40 多棵猕猴桃树被人夜间砍了，这可是毁农案件，马虎不得的。接到报案后，所里迅速派了两名民警，开着一辆警车，前往报案村民所在村庄，准备踏勘现场。警车刚到村口，意外出现了，警车抛锚了不说，警报器也坏了。警报器歇斯底里地鸣叫个不停，怎么也关不住，刺耳的警笛声把整个村庄都搅动了，村民们纷纷奔出家门瞧热闹。警报器足足鸣叫了一个多小时，还停不下来，最后是一位民警强行扯断了连接警报器的电线，警报器才哀鸣一声，没有了声息。两位民警见状，只好锁了车门，徒步进村，找到报案村民，和他一同去果园勘查现场。村民说得不错，是有人砍掉了他家的 40 多棵猕猴桃树。很显然，这属于严重的毁坏苗木案件。两位民警做了笔录，勘查完现场，回到警车边，准备打电话请求所里派车来拖车，但麻烦来了，一位村民找上门来，声称他家住在村边，办了一个养鸡场，方才警笛乱鸣，吓死了他家的 50 多只产蛋鸡，要求赔偿。这真是天方夜谭，两位民警一听就懵了，心想，天下哪有这样的奇事，这不是讹人么？禁不住养鸡场主人的一再纠缠，他们去养鸡场查看了一下，确实死了 50 多只鸡，但这和他们有什么关系呢？难道真的是他们的出警车警报器鸣叫吓死的？打死他们，他们也不相信。双方就此扯起皮来，且互不相让，最终还是所长闻讯赶来，扔下一句话，民警才得以脱身。所长说："你怎么能确定你家的鸡是被我们警车的警报器吓死的呢？保不准你的鸡还是得了鸡瘟才死的。有本事你去做鉴定，有了证据去法院告我们，如果告赢了，该赔多少我们赔你。"但邪乎的是，这户村民还真去法院告了，而且根据事实认定，区法院最终还判决公安局败诉。

　　事情奇，还能彰显农民法律意识的增强，这样的新闻事件，不经意间被兰波遇到，作为一名新闻记者，你说她能不激动吗？

　　回到报社，写完稿件，交了稿，看看刚刚半下午时分，兰波收拾了东西，准备去城南分局逛逛。当记者的，平时不和有关方面搞好关系，关键时候，肯定得抓瞎。兰波是一个很成熟的记者，她很明白这方面的道理，因此，每当事情不多时，她绝不在办公室窝着，总是往口上单位跑，这一则可以联络一下感情，二则说不准还真能捞到一些活鱼。用新闻行话说，这叫走基层。兰波先去分局刑侦大队溜了一圈，然后去了治安大队，最后窜到了郑重办公室，郑重不在。兰波有些失望，正是上班期间，郑重去哪里了呢？是外出了，还是在分局附近？她打了个电话，电话里郑重告诉她，他在皇都医院，正在探望一位病人。兰波还想询问，郑重说，一会儿给你电话吧，就挂断了电话。兰波满腹狐疑地向分局外走去，可她还没有走出城南分局大门，郑重电话就过来了，郑重说："刚才在病房里，不方便。现在我出来了，我告诉你吧，何远爱人生病住院了，情况很不好。"

兰波一听，吓了一跳，连忙问道："一直没听说呀，是啥病？"

"胃癌！已到了晚期，何远爱人早就知道自己有病，怕影响何远的工作，一直瞒着何远，自己偷偷看病。"

"怎么会弄成这样？"

郑重叹了一口气说："也是耽误了，何远爱人一直以为是胃病，按胃病治疗。前两天人吐血，这才到医院做了一次正规检查，一查，原来是这种病。"

"何远现在在医院吗？"

"在呀！一听是这种病，心中吃力，才几天的工夫，人已瘦了一圈。”

“那你能不能等一下我，我这就开车去医院，也去看望一下何远和他爱人？”

“好！你快来，咱们一会儿见！记住，在住院部肿瘤病区 308 室。”

“放心，找不见，我会给你们打电话的！”兰波说完，便收了线，三步并作两步，向停车场奔去。一路上，她还在心里嘀咕着：“何远爱人太不幸了，咋就摊上了这样的病呢？”

李静落网后，一晃就是 10 多天，但被绑架孩子的尸体却一直寻找不着。据犯罪嫌疑人交代，她将孩子杀害后，趁着天黑，把孩子的尸体扔进南山市靠近咸宁区郊外的一口深井里了。据此，何远、张雷指示刑侦民警，开车押着李静，先后在其所说的区域寻找了四五次，有水的井，干涸的井，可以说见井就找，但却遍寻不得。民警又先后提审过李静两次，讯问她是否说了谎话，李静一口咬定，没有说谎。至于抛尸的具体地方，因为天黑，路况不熟，加之心里惊慌，她说自己也只是记了一个大概，具体到是哪口井，她也说不清楚了。专案人员分析后认为，李静应该说的是实话，可孩子的尸体呢？一头雾水的专案人员，只好另辟蹊径，冀望能尽快寻找到孩子的尸体，使案件的真相早日水落石出。民警们把眼光落到了南山市出租车公司，既然犯罪嫌疑人没有说谎，抛尸时声称乘坐过出租车，那么肯定就会有司机跑过这趟生意，时间又不太久远，如果下力气寻找的话，应该能够寻找到这位司机。寻找到司机，那抛尸现场不就很容易找到了吗？还真应了那句俗语：功夫不负有心人。通过在出租车公司的不断走访，三天后的一个下午，这名自称拉运过犯罪嫌疑人的司机，就被顺利找到。司机姓柳，大约有 50 岁的样子，光头，南山市北郊人。民警通过所在车队，把电话一打到柳师傅那里，刚把情况一说，柳师傅就说，有这么档子事，不过地方不在咸宁区附近，应在东郊灞原区。这使办案民警大喜过望。在警方地要求下，柳师傅很快赶回了车队，向民警叙说了那天晚上的情景。

柳师傅说，大约两个半月前的一天晚上，他开车途经仙台村村边时，夜幕下，远远地就看见一个打扮得非常入时的女子，招手挡车。他把车停下后，那女子让他把车后备厢打开，把脚下的一个大纸箱吃力地往后备厢搬。看着女子费劲，他下车要帮忙，女子连声直喊不用。他还在心里嘀咕，这女子可真怪，一般遇到这种情况，客人都是求着司机，希望司机能搭把手，她倒好，司机要帮忙，还挡着不让帮。上车后，柳师傅习惯性地问女子要去哪里，女子说，随便往东南郊区方向开，找个僻静的地方停下来即可。他就按着女子的要求，先把车开到了咸宁区方向，女子不让停，这样就一路开着，最终到了灞原区。在一个果园旁，女子让他停车，下车后搬下箱子，挥手让他走。柳师傅说，见那里前不着村后不着店的，比较荒凉，天又黑，他还好心地问那位女子，要不要把她送到。女子说不用，她已经到了。柳师傅调转车头，往市区开的路上，还在一直纳闷：这女子可真怪！

柳师傅说："我知道的就这么多，敢情那女子是杀人犯呀？真是知人知面不知心哪，看着长得人模狗样的，没想到心这么歹毒！"

办案民警说："也许你拉的不是犯罪嫌疑人呢，你先帮我们一个忙，和我们去一下看守所，见一下犯罪嫌疑人，看看那天你拉的女子是不是她。如果是，你再带我们去犯罪嫌疑人下车的地方。麻烦你了！"

柳师傅忙说："哪里话，应该的！那咱们现在就走？"

办案民警说："好！"

结果，到了看守所，一见李静，柳师傅就一连声地对办案民警说："是她！是她！"

在柳师傅地指引下，孩子的尸体很快在一口废弃的枯井中找到。孩子的尸体装在一个大纸箱里，经过这么长的日子，已经腐烂，但经刘建夫妇辨认，确实系他们被绑架失踪的女儿。一见到女儿的遗体，刘建夫妇顿时哭成了一对泪人。尤其是孩子的母亲李敏，几度哭得昏厥过去。见此情景，参与捞尸的民警，很多人也难过地低下了头。

24

何远是在医院里接到王建军电话的，那时刚好是上午10：30，妻子吃完药，正躺在床上静静地输液。妻子睡着了。冬日的阳光暖暖的，透过窗玻璃，照在病床上，照在妻子的脸上。王春红睡得很香甜，憔悴的脸上时不时还露出一丝笑意，也许是梦到了什么开心的事情吧。望着正在被病魔折磨着的妻子，何远心痛万分。也就在此时，电话来了。怕影响妻子的休息，何远把手机调在了震动上，一看是王建军打来的，他连忙轻手轻脚地走出病房，来到走廊里接听。电话里，王建军兴奋地告诉他，艾美丽那边有情况了。闻听此言，何远心中一震，太好了，他期盼这个消息已太久了。何远催促说："快把情况说说！"

原来，就在十多分钟前，庞远超给艾美丽打来了电话，约明天在陕西安康市见面。按照王建军的授意，艾美丽已经答应庞远超了。

王建军说："何所，嫂子病了，我的意思，你这次行动就不要参与了，就在南山市待着，一方面工作一方面照顾嫂子，两不耽误。"

"我情况熟悉，不去咋行？"

"可以让张雷带队去呀！前两次抓捕行动都是你带队去的，这次刚好让张大队去。"

"你嫂子我可以找人来陪护，这次抓捕行动，我必须参加，因为这是在咱们辖区内发的案子。"

"你就不要争了，何所，你的情况我私下里已告诉局长了，杜局长现在外地开会，他同意我的意见。杜局很快就会给你打电话的。"

"我说建军，你咋无组织无纪律，我的事谁让你告诉杜局的？"

"我自作主张，行了吧！反正话我已经说出去了，你爱咋批评就咋批评吧。"

何远气得牙痒痒，但也无可奈何。他心里明白，王建军也是为他好，问题是这是他的工作呀，作为一名警察，他怎能因私废公呢。

何远还在生王建军的气，杜平电话就打过来了，杜平先关切地询问了一下王春红的病情，接着就用命令的口吻说道："我说何远呀，你这次就听我一句话吧，不要去安康抓人了。抓人的事，就由别的同志来完成吧！你再不听招呼，小心我处分你！"

何远还想争，杜平一句："就这样吧！"就挂断了电话。何远愣了半天神，然后默默地回到病房。此时，妻子已经醒来，看见他进来，柔声问道："是不是又有任务啦？要是有的话，你就忙你的事去吧。这里有护士呢，不用你照顾我。"

何远说："还是麻醉抢劫案上的事，另外两名犯罪嫌疑人也有消息了。"

"去吧，抓人时多注意一下安全。"

"我可能去不了，杜局长不同意我去。"

"这是为啥？是因为我吗？"

"别多想。杜局长也是好心！"

王春红叹息一声，说："看这病得的，迟不得，早不得，多耽误你的事。"

"看你这话说的，病能由人吗？谁愿意得病？好好住院治病，再不许胡思乱想！"

王春红凄然一笑，眼角不觉溢出泪来。何远赶忙掏出纸巾，替她轻轻拭去。

由于杜平尚在外地学习，城南分局的工作暂由胡世民负责。鉴于何远的妻子眼下还在病中，胡世民决定，这次前往安康抓捕麻醉抢劫案的另外两名犯罪嫌疑人庞远超和马彬的行动，就由张雷、王力带队实施。行动组一共 10 人，计划明天早晨开始行动。胡世民之所以如此决定，自有他的小算盘。在胡世民的眼中，这次抓捕行动是一个立功受奖的好机会。他喜欢王力，可王力是教导员，案子上的事情一直插不上手，这次真是天赐良机，让王力带着朝阳路派出所的人马，和刑侦大队的人一同前去，抓获了犯罪嫌疑人，电视报纸上一宣传，岂不是功劳一件，到时候要提拔了，也好有个说辞。王力接到胡世民的电话，也是欣喜不已。在电话中，他一个劲地向政委道谢。

事情就这样敲定了。安康其实距南山市不远，也就200多公里的样子，翻过秦岭即到。张雷告诉王力，准备开车前往。开车一则机动灵活，二则时间上也好掌握，不似坐火车那样受限制。听了张雷的解释，王力表示赞同。他不赞同不行，王力自打从警以来，虽说在警察队伍中也混了十多年，但一直在做着文书、内勤、政工方面的工作，说到具体办案，他还真没有参与过多少。不过，他以为，那也不是多难的事儿，"没吃过猪肉，还没有见过猪跑。"说穿了，只要肯动脑筋，学学就会的。谁也不是一生下来，就会办案的。

说好了明天一早出发，但当晚情况却发生了变化。大约晚上12点半左右，王力突然接到了赵跃进的电话。赵跃进称，刚才他正在看守艾美丽时，艾美丽接到了庞远超的一个电话，询问艾美丽明天能不能早点见面，说有要事商量。艾美丽问他咋办，他示意艾美丽随机应变，艾美丽遂答应庞远超，连夜包车前往安康，明天一早，和庞远超会面。这事若遇到了王建军头上，肯定会第一时间告诉何远，不会急急忙忙地先告诉王力。并不是王建军信不过王力，是他觉得，王力在刑侦业务上究竟不是太强，怕把事情搞砸了。还有，何远目前是所长，尽管还是个代理所长，但却是真正的一把手，凡事得讲个规矩，得按程序来。至于何远会不会把此事告诉王力，那是他们领导之间的事情，跟他无关。再说了，何远还是"9•3"案的负责人呢，对案情了解全面，从破案的角度上考虑，就更应该这样做了。赵跃进就少此考虑，结果导致了后来悲剧的发生。

王力把这一突发情况连夜报告了胡世民，并请求说："政委，能不能让我带人去完成这次抓捕任务？"

胡世民说："没有刑侦大队人员的配合，单凭你们所里的人马，行吗？"

王力满不在乎地说："不就两名犯罪嫌疑人吗？我多带几个人，不就得了。"

"那张雷那边咋交代呢？你们可是两个单位联合办案呀？"

"放心，政委，我就说事情紧急，怕贻误战机，我个人决定带人去的，如有人追究，保证不把你牵扯进去。"王力说，"再说了，到时候人抓回来了，就是落一两句埋怨，也没有啥！"

"那你快去快回，注意安全。刑侦大队这边的事情，我到时候也给你圆圆场。"

"谢谢领导！"

放下电话，王力就让值班民警通知所刑警队相关人员，迅速到所里集合。民警接到指令，也就20分钟的光景，就全部到齐了。一头雾水的王建军也来了，他刚到会议室，就悄声问一旁的赵跃进："这到底是咋回事？"

赵跃进也是一脸茫然："我也不大清楚，教导员让通知的，我猜测可能跟麻醉抢劫案有关吧。"

很快，赵跃进的话就得到了证实。王力见大家已到齐，就说："这么晚把大家召集起来，实在抱歉。但情况紧急，不叫大家又不行，还希望大家多谅解。就在半个小时前，犯罪嫌疑人庞远超打来电话，要求艾美丽明天早晨见面，我已请示过局领导，事不宜迟，咱们今晚就得出发，前往安康。各位收拾一下，10分钟后，在院子里集合。各位还有啥疑问？"

大家说，没有，就散了。王建军本想问刑侦大队去吗，后来一想，领导可能已经沟通好了，就也没有多问，也和大家一块儿，回办公室准备去了。

出发时已是次日凌晨一时了，王力带着9个民警，开着三辆车，风驰电掣地向安康市而去。你甭说，现在的路还真好走。如放在过去，从南山市到安康市，虽说路途不大遥远，但因为路况较差，公路像鸡肠子似的在秦岭山里扭来扭去，一会儿山沟，一会儿山巅的，总要走上五六个小时，才能到达。一路开下来，司机辛苦，坐车的人也辛苦。一到目的地，人就跟散了架似的，恨不得立马找张床躺下来。而现在则无此之虞，因为修建了高等级公路，三四个小时就可到达。因此，抓捕小分队到达安康市时，还不到凌晨4时。看看还有两个小时天就亮了，王力便没有特意找地方，只是让大伙儿随便在车上眯一会儿。

　　说话间，天就亮了。众人在早市上吃过早餐，便继续在车上待命，等候犯罪嫌疑人的消息。时间一晃就到了8点，没有等来庞远超的消息，王力却等来了张雷的电话。张雷在电话中说，他们那儿已经准备停当，询问所里这边准备的如何，如果准备好了，就尽快合兵一处，赶紧出发。

　　王力一见是张雷的电话，心里就有点发虚，他支支吾吾了半天，才告诉张雷，因为情况有变，他们已经提前出发，现在已经到了安康。

　　张雷一听就炸了，他厉声质问道："王力呀，你可要弄明白，咱们这是两个单位联合办案，情况发生了变化，你为啥不通知我们？是你请示了局领导后，局领导批准你去的，还是你根本没有请示，擅自行动的？"

　　王力说："张大队，你先不要发火嘛，情况发生变化后，我本来要给政委和你打电话的，因时间太晚，就没有敢打扰你们，我就自作主张，带着队伍出来了。你要怪就怪我吧。"

　　张雷说："怪你有个屁用！这事没完，不管咋样，我非到局领导那里讨个说法不行。"说完，就气狠狠地收了线。王力则站在车边，愣了半天神。

　　王力这边刚放下电话，艾美丽那边就接到了庞远超的电话。在电话里，庞远超问艾美丽到安康市了吗？艾美丽回答说到了。庞远超说，他昨晚和马彬到了西乡，要么他们现在过安康市来，要么艾美丽过西乡来。艾美丽乖巧地说我听你的，庞远超说那你打车过来吧，到后联系。艾美丽答应一声，就结束了通话。出此意外，让王力始料未及，他一时没有了主意。他在心里琢磨到，是犯罪嫌疑人发现了他们的踪迹呢？还是犯罪嫌疑人真的就在西乡？他征求王建军的意见，王建军说，本来他不该多嘴，但领导既然问了，他就说说他的意思，他的意见，尽快前往。这样，王力就带着众民警，又不顾疲劳地开车往西乡飞奔。

西乡在安康市的西北方向，属于陕西省汉中市辖区，距安康市约 150 多公里的样子，以盛产茶叶闻名于世。这里出产的名茶午子仙毫，享誉全国，驰名国际。境内有牧马河，有茶山，有樱桃沟，是一个山清水秀的好地方。也就两个多小时，王力已带人来到了西乡县城。途中，庞远超又给艾美丽打过几个电话，询问她走到啥地方了。在民警的示意下，艾美丽都滴水不漏地回答了。这使王力一颗悬着的心，才稍稍安定下来。此前，他一直悬着心，怀疑犯罪嫌疑人是不是耍什么花招，在试探他们。看来，庞远超根本不知道艾美丽已被抓获，对警方的行踪一点也不掌握。

庞远超住在西乡县城一座名叫翠微的快捷酒店里。这家酒店刚好位于街边的十字路口，时间已是上午的 10 点多，正是街上车多人多的时候，可以说抓捕环境复杂。王力指挥人马，远远地把车停到路边，然后，民警们三三两两地来到酒店里，迅速控制了酒店的大门及其他通道。艾美丽在两位民警的控制下，也来到了酒店大厅。艾美丽虽然戴着手铐，但怕暴露目标，民警们则别出心裁地给她的双手上搭了一条围巾，这样，走在大街上，艾美丽便不会被人看出是犯罪嫌疑人，从而引起围观。按照庞远超告诉艾美丽的房号，王建军迅速带人冲上了三楼，来到316房间前。王建军示意服务员敲门，敲了半天，里面才传出了一个男人的声音："谁呀？"

"服务员，送东西的！"

里面磨蹭了半天，就听到门把手一响，房门就无声地开了。说时迟，那时快。也就在门开的那一瞬间，王建军已带人冲进了房间，并把开门的人扑倒，按在了地上，戴上了手铐。后进屋的民警，在屋里仔细地搜寻了一遍，见再无他人。王建军一把提起被抓获的人问道："说，是不是叫庞远超？"

还未等庞远超回答，民警已押着艾美丽进门了。艾美丽一见被抓获的人，就叫了一声："远超……"随机低下了头。

庞远超则狠狠地挖了艾美丽一眼。

"马彬到哪里去了？快说！"一见庞远超的身份确定，王建军立即追问另一名犯罪嫌疑人的行踪。

庞远超叹了一口气说："在斜对面的天伦酒店。"

"他为啥不跟你住在一个酒店？"王建军问。

"他说住在一块儿目标大，容易出事。"

闻此，王建军不再审问。一帮人立即押了庞远超、艾美丽前往天伦酒店。马彬居住的房间里很凌乱，行李包也在，但人已没有了踪迹。民警又在周边寻找了半天，依旧没有踪影。很显然，翠微酒店这边采取行动时，马彬发现了动静，已经无声无息地溜了。

看看事已至此，王力给政委胡世民汇报过后，只好押解了两名犯罪嫌疑人，开车离开西乡，借道石泉县回返。

25

杜平是在外地开会期间听到王力他们出事消息的。当政委胡世民打电话把这一消息告诉他时，他的心瞬间仿佛跌进了冰谷，凉到了极点。他顾不得会议还没有结束，当天就买机票，飞回了南山市。等回到分局后，他才了解了事情的来龙去脉，不由在心中暗骂胡世民糊涂。

王力他们出事的经过是这样的。抓获了庞远超后，王力即带领小分队回返。当他们的车队行进至石泉县境内时，有一段省道恰好紧邻着悬崖，车队沿着崖边公路行进时，由于连日开车劳累，为了躲避对面一辆大客车，赵跃进一时恍惚，竟然开车冲向了路边的隔离墩，隔离墩被冲断，车在众人的惊呼声中，掉下了悬崖。当时，赵跃进所开的车里，只坐了三个人，除了赵跃进外，还有坐在副驾驶位置上的王力和坐在后排的一名民警。车跌入山谷后，王力和那位民警在众人地施救下，脱离了危险。坐在后排的民警只是蹭破了一点皮，王力摔断了几根肋骨。而赵跃进则被堵在驾驶室里，让方向盘卡着，动弹不得。等赵跃进被随后赶到的当地警方救出，人已经去了。王力则被送进当地医院，进行治疗。除留下两名民警，在医院陪护王力外，王建军带领其余的民警，押着两名嫌犯，返回了南山市。

当晚，王建军他们一回到南山市，就被媒体包围了。中央驻南山市各家媒体，南山日报、南山晚报，南山市电视台、南山市广播电台，南山新闻网纷纷派记者到市局、城南分局和朝阳路派出所打探消息。一时间，市属各大媒体，纷纷派出精兵强将，进驻朝阳路派出所，对赵跃进从警前后的所有事迹，进行挖掘。忙活了半个月，记者们先后采访了赵跃进的领导、同事、亲朋、同学，把赵跃进的事儿翻了个底朝天，最终报社的记者写出了一篇1万余字的长篇通讯，并配发本报评论员文章，在报纸上刊登。电视台、电台的记者则录制成专题片播出。报纸上有字，电视上有影，广播里有声，一时间，民警赵跃进的事迹，传遍了南山市的大街小巷，市民们都知道了公安城南分局朝阳路派出所里有一位名叫赵跃进的好民警，因为抓捕坏人而光荣牺牲。

兰波也参与了对赵跃进事迹的采访报道工作。作为南山晚报专跑政法口的资深记者，她理所当然被报社派到了采访组，并出色地圆满地完成了报社交给的采访任务。事实上，南山市的许多市民，都是在读了她采写的报道后，才真正认识赵跃进的。令兰波奇怪的是，朝阳路派出所发生了这么大的事情，作为派出所的当家人何远理应时时在场，但在采访过程中，她却很少见到何远的影子。她和何远仅有的两次见面，也都是在赵跃进事迹座谈会上，何远看上去一脸的疲惫，眼中布满了血丝，且充满了无限的哀伤。兰波和何远打招呼，他也只是点点头，说了句："你也来了，辛苦了！"便再无二话，表情显得极其的僵硬。何远这是怎么了？难道她爱人病情恶化？兰波不敢想下去。

兰波实在放心不下，便在一天傍晚，给郑重打了一个电话，询问何远的情况。郑重在电话中沉默了足足有2分钟，才长长地叹了一口气说："你可能还不知道，何远的爱人已经走了。是在一周前的一个晚上。何远刚把他爱人的后事处理完毕。组织上最近照顾他，不让他上班，可所里哪里能离开他呢，这不，他还得强忍着哀伤，两边跑。"

兰波一听，顿时如五雷轰顶，眼中不觉流出泪来。她忍着悲痛，颤声问道："何远的爱人不是住院时间不长吗，咋会这么快？"

"王春红其实早在两年前就发病了，她怕影响何远工作，一直都在瞒着何远，都是自己在偷偷治。"郑重说，"直到上一次王春红再次发病，胃疼得受不了，医生给她用上了杜冷丁，她才知道了自己患了胃癌。但已经晚了。"

"怎么会这样？何所的爱人真是太不幸了。"兰波说，"咱们这一两天抽空去看望一下何远好吗？"

"何远这两天正悲伤着呢，一下子就失去两个亲人，一个是和他相沫以濡的爱人，一个是和他生死与共的战友，你想一想他的悲伤有多大多深。事情一出来，我就过去了，想陪陪他，你猜他说啥，他说'这几天我谁也不想见，就想一个人清静清静'。我的意思，给他一段时日，等他迈过这道坎后，我们再去看他。"

"那好吧！你是他同学，又是他战友，于公于私，你都应该多关心一下何所，就算我求你了。"兰波说。

"这个自然，不用你多吩咐。"

兰波挂了电话，她的心一下子沉重到了极点。

赵跃进的追悼会是在南山市凤栖山殡仪馆举行的，追悼会场面宏大，参加者众，上至市上分管公安工作的副市长，下至各界群众，足足有上千人，仅各界送来的花圈就摆满了殡仪馆大厅和外面的两面墙。何远理所当然地参加了追悼会，尽管他的爱妻刚刚去世不久，他还是强抑着无限的思念与悲痛，坚持开完了会。在追悼会上，当催人泪下的哀乐刚一响起，何远就情不能遏，哽咽不已。他一刹那间想起了和赵跃进在一块儿工作的点点滴滴，赵跃进的兢兢业业，赵跃进高超的车技，赵跃进的胆怯，甚至他说话时的惶急、结巴……无数个晨昏，无数个不眠的夜晚，共同工作学习，共同抓捕罪犯，一幕幕情景，如放电影一般，在他的脑际萦回。可是，也就是一夜间的事，这些全都结束了，如水归大海，如风入山林，消逝得无影无踪。想及此，何远不由泪如雨下。

最后分别的时刻到了，可何远还在独自伤心。直到站在他旁边的郑重轻推了他一下，他才从悲伤中惊醒，随了吊唁的人群，缓缓向赵跃进的遗体走去。何远静静地站立在赵跃进遗体旁，深情地凝视着，一脸的凝重哀伤。也许是太累了，需要休息一下吧，躺在由翠柏和鲜花围绕的水晶棺里的赵跃进，样子一如婴儿，宁静而安详。脱帽，三鞠躬，何远在心里默默地说："别了，我的好兄弟，一路走好！"然后，和赵跃进的亲属一一握手，快步走出了吊唁大厅。何远之所以要要急着离开吊唁大厅，是他觉得，这里的气氛太压抑了，他也太害怕这种氛围了。也难怪，就一个多月的时间，他已一连失去两位亲朋，放到谁，也受不了。

时令已进入严冬，天空灰蓝，有群鸽从天空划过，鸽哨悠扬，让人心醉。而近处，哭声又起，又一拨办丧事的队伍进入了殡仪馆的大门，哀乐人间，不知咋的，何远的心中莫名其妙地蹦出了这样四个字。目光漫无目的地在四周逡巡着，何远突然在人群中看见了一个熟悉的身影，他以为自己看错了，揉了揉眼睛，再仔细一瞧，没错，是兰波。兰波下身穿着一条牛仔裤，上身穿着一件深蓝色短袄，正在那儿专心致志地采访着。让他没有想到的是，所采访的对象竟然是狗蛋和小芳。他们怎么也来了？心中疑惑着，何远不由自主地走了过去。走到仨人跟前，何远说："兰记者，正忙着哪？"

兰波正在一心一意地采访，忽然听到有人问她话，一抬头，发现是何远，不由惊喜地喊道："哎呀！是你呀！何所，我这边采访完后，还正准备找你呢！"

何远笑道："不用找了，这不，自己送上门来了。说正经的，有事吗？"

兰波嘴一撇，假装生气道："当然有事啦！怎么，没事就不兴找你啦！"

何远忙说："我可不是这意思。我是说，你这大记者，每天忙得满世界跑，时间金贵得不够用，那有闲工夫听我瞎嘞嘞，找我肯定有事吧？"

兰波说："就算你说对了！"说毕，嘴又是一撇，一副生气的样子。

"你们也来了。"何远丢下兰波，和狗蛋、小芳打招呼。

"是。何所长。赵警官是个好人。我们心里都很难过，从报纸电视上得知，今天为他开追悼会，就特意赶过来送送他。"狗蛋说。

何远突然觉得无限地感动，他对狗蛋和小芳说："谢谢你们！"

"不用谢，应该的。"狗蛋说，"何所长，你也要注意多歇息啊，我看你的脸色不大好。"

　　"谢谢你的关心。我会注意的。我的身体我知道，这一段日子有些劳累，休息两三天就会好的。"何远说，"对了，你的生意最近怎么样？"

　　"就那样。"狗蛋说，"不瞒你说，送完赵警官，这两天我就要收拾东西，回老家了。"

　　何远关切地问道："是回家准备过年吗？是呀。忙碌了一年，也该回家歇息歇息了。"

　　狗蛋说："不是，回家后就再也不来了。"

　　何远吃惊道："怎么，干得好好的咋就不干了？是谁欺负你了吗？要是那样的话，你告诉我，我来处理。"

　　狗蛋说："没有人欺负我，是我自己决定不干的。这些日子，我想了很久，我是一个农民，我的根在土地上。不管再怎么在外面混，但终归要回到土地上去。既然如此，我还不如早回家。我也不亏，也算见识了一下城市的繁华。"

　　何远说："这样也好，在自家土地上生活着踏实。你以后有空了，来我这里坐。"

　　狗蛋说："我会的。"

　　何远把目光转向小芳，问道："你也回老家吗？"

　　"不，我和他回商山。"小芳说，用嘴一努狗蛋。

　　何远心里立即明白了是咋回事，他说："祝福你们，祝你们生活幸福。"

　　狗蛋和小芳忙说："谢谢何所长！"

26

时间过得真快，一晃间，就是第二年的清明节了，何远给父亲和妻子扫过墓后，当天下午，他专门开车前往南山市烈士陵园，看望长眠于此的赵跃进。赵跃进在旧历年前已经被追认为烈士。

南山市烈士陵园位于市区的南郊，距市中心约四五公里。建园初期，这里还比较荒僻，可以说少有人烟，但经过五六十年的发展，城市不断扩建，昔日的荒凉之地，如今，已变成了市廛。陵园的周围，已被建筑物完全包围，倒是陵园内，因为多年的草木滋生，反而成了一处清静之地，树木高大成荫，绿草铺成锦绣，翠柏绿竹，花开四季，步入其间，让人有一种庄严、肃穆之感，心灵瞬间也会得到安妥、宁静。

赵跃进就安息于此。白色的大理石墓碑上，镌刻着"赵跃进烈士之墓"几个大字，周围则是青松翠柏。赵跃进的墓碑前，已摆放了许多束鲜花，很显然，今天上午，已有很多人来祭奠过。何远之所以选择下午来祭扫，除了上午要给父亲、妻子上坟外，另一个重要原因就是，他想一个人静静地和赵跃进单独待一会儿，他心中有许多话，要对赵跃进说。

何远将手中捧着的鲜花，轻轻地放在墓碑前，微低着头，默默地站立在墓碑前，足足有3分钟，才扬起头，轻声说："伙计，我来看你了，你在那边还好吗？你还不知道吧，你走后，咱们分局发生了许多变化，我已不当朝阳路派出所所长了，已经不是你的领导了。所长现在变成了王力。我已调到了市刑侦局大案处工作了。"说到此，何远的心头不由泛起无限的哀伤。自己算是提拔了，高升了，得到了许多荣光，而曾经和自己一同并肩战斗的战友，却永远倒在了抓逃的路上，长眠在这片他曾为之奋斗，为之魂牵梦绕的热土里。想及此，他不由潸然泪下。

就在一个月前，在市局的主导下，城南分局进行人事调整，局长杜平擢升，担任南山市公安局副局长，主管全市刑侦工作。而城南分局的工作，则由政委胡世民临时主持。闻听这一讯息，何远异常高兴。杜平到了他应该去的位置，何远自己也调任市刑侦局大案处一大队大队长，尽管还是科级领导，究竟去掉了"代"字，也算是组织对自己前一段工作的一种肯定吧。更重要的是，他回到了自己热爱、熟悉的刑侦岗位，以后有了更加宽阔的施展才能的空间。此刻，在这个特殊的日子里，他尤其想念妻子，想念牺牲的战友，想念死去的父亲，感念他们给予自己的付出。而让他遗憾的是，犯罪嫌疑人马彬没能在他的任上抓获。好在，他没有离开刑侦岗位，今后还会有抓捕的机会，这让他稍微释然了一些。

　　究竟是春天了，春风浩荡，春气袭人。深深地鞠躬，何远转身准备离去。蓦然间，他发现一个熟悉的身影，正微笑着，向他姗姗走来，是妻子王春红，是记者兰波，他一时间竟有些许恍惚。而远处的南山，尽管还有些许枯涩，但已显示出一派青葱之意。青葱之中，还间杂着一些粉红嫩黄，斑斓无比。何远知道，那粉红的是山桃花，那嫩黄的是山茱萸花。他想，这些盛开的山花，在春阳的沐浴下，在春风的吹拂下，明朝一定会更加明艳的。就在他胡思乱想间，春天的气息，似乎又浓郁了几分。

后 记

　　这是一部讲述普通民警故事的小书。

　　10多年前，我在报社当政法记者的时候，和许多民警打过交道。这些民警有刑警，有治安警，有户籍警，还有管内勤的，可以说是形形色色。我和他们一起抓逃，一起打拐，一起吃饭喝酒，度过了一段难忘的岁月。多年之后，他们中一些人升迁了，一些人原地踏步，还有一些人退休了，而我也不再当记者。但时至今日，我依然和他们联系着，来往着，他们中的很多人，甚至成了我终生的朋友。我一直不能忘怀他们，一直想写一部有关他们工作生活的书。虽然，书店里不乏这样的书，刊物上不乏这样的文字，影视上也不乏这类题材的作品，但我以为，很多东西与警察的工作生活情况，多少有些偏差。民警也是普通的人，他们有血有肉，有七情六欲，甚至有的还有一些小毛病、自私、狭隘，但总体是好的。这样，我就不揣冒昧，也不计自己笔拙，利用工作之余，片段式的，拉拉杂杂地完成了这部小说。

　　故事的背景在 10 多年以前。故事的地点定位在北方某市的一家派出所，叙述也自然便从此展开。之所以如此，也是因为，我对派出所的民警比较熟悉。此前，为了写两篇反映警察工作情况的纪实文学，我曾先后在两家派出所体验过半年多的生活。那段日子确实辛苦，但也很快乐。书稿完成后，我曾把稿件发给几位警察朋友看，他们看完后很兴奋，说在稿件中看到了一些熟人的影子，我听后一点也高兴不起来，反倒很发愁。这说明我的小说还没有很好地虚化下来。连带着朋友阅读后提出的意见，我又对稿件进行了一次全面的修改，至于效果如何，也就不得而知了。这也正如一位老农，春夏只管耕种，待到秋天，收获的是水稻，还是稗草，那也只有听天由命了。如风调雨顺，五谷丰登，自然高兴；如遇到天灾，田园荒芜，也只得叹息一声。我的这些文字，也不外乎这两种命运。文字写出来了，发表了，读者喜欢也好，不喜欢也好，我已不能决定。好在是用心去写的，我也便没有了什么愧怍。

　　这部书稿改定时，恰好是戊戌年的初秋。窗外飘飘洒洒地落了入秋后的第一场雨，雨尽管不大，但空气还是湿润了许多，燠热的天气也凉爽了许多。远望终南山方向，云遮雾罩，看不到一点影子。但我想，那里的雨应该下的更大吧？秋雨中，山上的植物应该更葳蕤吧？而幽静的山道上，一定有遗世之人在策杖而行吧？想及此，不觉心中喜悦，不觉心想往之。

是为后记。

高亚平

2018 年 8 月 28 日

于西安南郊坐静居